愛與家的生命故事

恩歌 沈著 編

Contents

導言 ... 5

作者簡介 ... 12

愛的困惑／林海峰 ... 17

外婆的愛／張貴惠 ... 22

婚姻的力量／周語宸 ... 26

不曾離開／陳俊亦 ... 30

婚姻是什麼？／劉岳 ... 36

我們仨——愛與理解的生命故事／陳孝皇 ... 42

付出——愛的期盼／廖紫媛 ... 48

愛靈魂之人的腳步／沈著 ... 53

基督徒的婚姻／沈著 ... 66

西湖夜・白堤——寫給弟弟的詩／恩歌 ... 94

世界非我家，我家在天上／恩歌 ... 96

真愛何尋？／恩歌 ... 109

恩典之歌／恩歌 ... 118

一件美事／恩歌 ... 119

導言

　　這本書中收錄了當代一些年輕人閱讀楊絳的《我們仨》、提摩太・凱勒的《婚姻的意義》、鐘馬田的《婚姻家庭工作和靈裡生活》和張文亮的《深入非洲三萬里——李文斯頓傳》的讀書筆記，其中記錄了他們在閱讀中的所想所思，這本書的作者無論來自哪裡，他們都是台灣東海大學的學生。還有我閱讀《深入非洲三萬里——李文斯頓傳》後的文章，當時，我是東海的老師，很感恩和他們一起走過蒙福的那些日子。我們通過閱讀將各自思想的問題呈現出來：愛是什麼？為什麼愛中有痛苦？婚姻是什麼？什麼樣的婚姻是幸福美好的婚姻，值得一個人付出一生去守護？人怎樣才能擁有幸福的婚姻？生活在當今這個多元化價值衝突，社會流變性更強，生活節奏愈來愈快的時代，有沒有永不改變的愛？如果有，在哪裡能找到這樣的愛？這本書中每篇文章的呈現，是生命故事的分享，是傾聽，是與自己，與讀者們，也是與這個時代的對話。這本書，是彼此同行中共同閱讀、思想、傾聽、對話和生命故事分享的記錄。

　　2018 年 8 月，踏上臺灣的土地，來到東海大學，又見路

思義教堂時,有種恍恍惚惚的感覺。2011 年,尚在香港中文大學就讀博士的我,因為參加學術會議,第一次踏上臺灣這片土地,我知道這是上帝的帶領。仍記得那個主日,獨自走在東海大學校內,抬眼突然看見一座教堂,在藍天白雲下像星星一樣明亮,我的心中真是充滿歡喜。初見路思義教堂,就喜歡上了這個坐落在大片青草地上的挪亞方舟,它讓我想起基督的救贖,那白白的恩典。在方舟裡的人得以保全生命,挪亞方舟實是生命之舟。而這生命之舟,也是愛之舟,因為「上帝愛世人,甚至將他的獨生子賜給他們,叫一切信他的,不至滅亡,反得永生」。(約翰福音 3:16)當時心中想著,有一天我回來東海大學,成為老師,在這裡生活。7 年後,如同做夢一樣,上帝忽然之間帶我來到東海大學成為一位老師。我知道,原來,當年我的心意,就是他的心意。我的研究室坐落在人文樓四樓,從樓上正好可以看到美麗的鳳凰花遮掩下的路思義教堂。無數個駐足樓上靜靜凝望路思義教堂的晨曦和傍晚,我在心中為臺灣和這所學校誠心默禱,願上帝的恩典再次臨到這片土地,臨到這個校園中那些苦苦尋求真愛、幸福、婚姻的意義,深切渴望知道自己人生使命的年輕人,也臨到每一個願意付出時間和生命去侍奉學生的基督徒老師。

　　我想分享自己的外婆生命中愛與被愛的故事。身為一個女子,外婆一生的愛都給了自己的丈夫。不幸的是,這個世上,真的有人即使能夠擁有婚姻,擁有很多子女,也始終得不到丈

夫的愛。外婆就是這樣的女子。

我的外婆，一生給外公生了六個孩子，三個兒子三個女兒，她很愛外公。外公因為是國家幹部曾經被關在牛棚裡，外婆去給外公送飯摔斷了一條腿，在治療時醫生為她植入鋼板加固短腿，雖然她可以正常走路，但從此摔斷的那條腿再也不能彎曲，而且一直都疼，特別是下雨和寒冷的冬日。我記得小時候外婆常坐在家門口等我們一家來。住在外婆家的日子，我常常會看到外婆做好飯，端給外公，外公坐在書桌前寫字，頭也不抬。外婆就站在門邊目不轉睛地看著他，就那麼一直看著，眼神中充滿溫柔和期待。當時年紀小，只覺得外婆對外公很好，不明白外公為什麼總是不理她，甚至很少跟她說話。隨著年紀漸長，讀過很多民國女子的生命故事，聽過、見過很多人的聚散離合後，恍然明白，因為「他不愛她。」這個真相身為女兒的媽媽，在她結婚後當是了然於心的。因為，爸爸很愛媽媽，媽媽懂得什麼是愛。正因為這樣，在想起外婆結婚後悲苦的半生時，媽媽的心是不是會為自己的媽媽一生愛而不得的痛苦格外傷痛？我想那幾乎是一定的。至今仍記得，外婆去世後，生性孝順的媽媽第一次忍不住問自己的爸爸：「既然你不愛她，當初為什麼要娶她？」外公對媽媽的話很生氣，媽媽問完後立刻病倒了，整整一個月在家掛吊瓶。我不知道外婆在生命的最後，會不會後悔嫁給外公。外婆去世時我在北京，沒能見到她最後一面，心裡想問她的話，是再也沒有機會說出口

了。外婆的生命故事讓我明白，如果沒有愛與被愛，婚姻對一個人會是悲劇。

2019 年 4 月 13 日，走出東海大學教師公寓，一抬頭，突然看見外面樹上的桃花開了，想起《詩經》中的那首詩〈桃夭〉：「桃之夭夭，灼灼其華。之子於歸，宜其室家。」突然很想念外婆，想起她悲苦的一生，心裡很為她難過。那晚，我寫下這段文字：「樓下的花開了，這兩日突然很想念外婆。外婆一生愛著外公，從小我就知道她是那麼羨慕有文化的人，因她自己沒有機會讀書。突然很想念她，想起她一生的愛，想起她那麼卑微執著地愛著丈夫，我仍記得外婆在屋子裡看著外公的眼神，飽含期待。外公愛她嗎？想起外婆去世後媽媽問外公的那句話，那是很深的痛吧。媽媽那句話，我相信是替沒有機會問出口的外婆問的。生命的絢美如此令人心疼，我想令媽媽心疼的該是外婆一生的愛與期待。」

在《我們仨》中有兩句話：「他說：『遇見她前從沒想過結婚，遇見她後從沒想過和別人結婚。』她說：『每項工作都是暫時的，只有一件事終身不改，我一生是錢鍾書生命中的楊絳。』」

這樣的愛與被愛多麼美好，外婆卻從未得到過。比起外婆，楊絳的幸福如同東海傍晚天邊絢爛的紅霞。

然而，即使幸福如楊絳，經過深愛的丈夫和女兒離世後，她突然看見一個從古至今無數人發現的事實：「世間好物不常

在，琉璃易碎彩雲散。」

我的爺爺去世時我在讀小學，那時不知道什麼是死，看著大人們將爺爺從房間裡抬出去，慌亂中爸爸媽媽留下我來陪伴生病躺在床上的奶奶。仍記得那時我站在奶奶床邊，心裡正在想我該怎麼做時，奶奶忽然開了口，她聲音很小，卻很清晰，她對我說：「我知道。」就在奶奶說這句話時，我看見她的眼淚掉落，我知道她因為與爺爺分離而心中悲傷。這樣的悲傷印象，在那一日留在了我的記憶中。

「既然相愛，為何會有死亡？為何會有分離？」

楊絳的問題，李文斯頓和妻子瑪麗給了回答。

李文斯頓說：「結婚就像夫妻一起去參加一場長途的冒險，會遇到彎彎曲曲的河流，會走過高高低低的道路，但是你與妻子一生要保持直接坦白的關係，不容許有任何彎曲與高低在你們當中，這樣你們就可以一起到天涯海角去探險。」

李文斯頓的妻子瑪麗去世前，留給丈夫的話是：

「雖然我們沒有錢；卻毫無保留的，只想將我們的生命獻給非洲。

再多的錢，也換不來這種自由。

不要以沒給妻子一個安定的家而憂傷，只要有你在的地方，就是我的家。」

當你看到李文斯頓和妻子瑪麗的婚姻,看到他們彼此的愛,你會真的相信:「婚姻是美好,是神聖的締結,存到永永遠遠。因為,婚姻是極大的奧秘,婚姻象徵基督對教會的愛。」這是什麼樣的愛呢?這是人所陌生的愛,是很多人看不見的愛。耶穌在十字架上,在生命最痛苦的時候祈禱:「父啊,赦免他們!因為他們所做的他們不曉得。」(路加福音23:34)這樣的祈禱,是對愛之真意的真確詮釋:「上帝差他獨生子到世間來,使我們藉著他得生,上帝愛我們的心在此就顯明了。不是我們愛上帝,乃是上帝愛我們,差他的兒子為我們的罪做了挽回祭,這就是愛了。」(約翰一書4:9-10)

　　為什麼耶穌要經歷這樣的痛苦?是因為上帝對世人的愛。《聖經》說:「上帝愛世人,甚至將他的獨生子賜給他們。叫一切信他的,不致滅亡,反得永生。因為上帝差他的兒子降世,不是要定世人的罪,乃是要叫世人因他得救。」(約翰福音3:16-17)什麼是永生?「認識你獨一的真神,並且認識你所差來的耶穌基督,這就是永生。」(約翰福音17:3)耶穌說:「我就是道路、真理、生命,若不藉著我,沒有人能到父那裡去。」(約翰福音14:6)他說:「我從父出來,到了世界;我又離開世界,往父那裡去。」(約翰福音16:28)怎樣才能到父那裡去?藉著耶穌。

　　在《我們仨》中楊絳寫下了這句話:「家在哪裡,我不知道,我還在尋覓歸途。」自從生在這個世界上,對真愛的

追尋，對家的眷戀、失去和尋求始終是每個人生命中不變的主題。

那些平常日子中的歡樂，那些栩栩如生的溫暖畫面，那些無法理解的悲傷，那些念念不忘的心上所愛之人，都以不同方式訴說著愛的美好、家的寶貴和人心對永恆的追尋。愛與家，居然那麼奇妙且不可思議地與永恆連結。

耶穌在離開世界前留下這樣的話給跟隨他的人：「你們心裡不要憂愁，你們信上帝，也當信我。在我父的家裡有許多住處，若是沒有，我就早已告訴你們了，我去原是為你們預備地方去。我若去為你們預備了地方，就必再來接你們到我那裡去。我在哪裡，叫你們也在那裡。」（約翰福音 14：1-3）

這就是愛。這樣的愛，使人可以因信耶穌得著永生，使人可以藉著耶穌到父那裡去，為人在父家裡預備住處。這是真愛，何等長闊高深，是重價的恩典。

作者簡介

林海峰

　　1998 年出生於台灣，搬過幾次家，喜歡閱讀、寫作，研究故事模型，正在按自己步調慢慢創作，同時想辦法過得健康舒適。

張貴惠

　　1997 年出生於台灣，在桃園新屋鄉的客家眷村中成長，自 2004 年離開鄉村生活定居於都市。因父親方言講閩南語，母親方言講客家話（海陸調），因此在台灣無論哪種方言都聽得懂，雖然偶爾會語言錯亂，但都能基礎溝通。個性害羞內向、喜歡觀察，與記錄日常生活中的小事。興趣廣泛，如攝影、學習語言、做運動、寫日記等。畢業於東海大學哲學系，現今從事服務業，是一位平凡無奇的普通人。

周語宸

　　1997 年出生，生於臺灣台中市，生活及工作都於台中不

曾改變。因為家庭的關係，從小喜愛做菜煮飯，現在從事餐飲行業，因為熱愛餐飲，目前有多張餐飲方面的證照。

陳俊亦

生於 1999 年，幼時家中突遭變故，幾經波折，幸得親友、師長相助，順利成人。大學修習哲學與中文二系，並順利取得學位，正攻讀哲學碩士。宋儒明道：「所謂定者，動亦定，靜亦定，無將迎，無內外。」；清儒船山：「盡天下之人，盡天下之物，盡天下之事，要擔當便擔當，要宰制便宰制。」我以二者之言作為自身期許，也送給各位，希望我們都能踏實做事，不輕易動搖，則事事皆有可能。

劉岳

1996 年出生，於台北市長大，畢業後曾徒步環島，想更了解對於台灣這塊島嶼的感情，喜歡探索新的人、事、地、物，享受生命給予的故事。

陳孝皇

我是陳孝皇，畢業於東海大學哲學系，現於國立政治大學繼續攻讀哲學碩士，還在論文的試煉中載浮載沉。對我而言，生活中大大小小的邂逅，其中都蘊藏著深刻的相遇意義。我的價值觀深受列維納斯的「他者」哲學啟發，使我能以新的角度

重新看待每一位生命中的他者,並在其中尋求自我與他者相互理解與關懷的可能性。在生命路途中,期許自己能始終懷抱著《小王子》的純真與好奇,期望透過自己的文字,如星光般為他人帶來溫暖,並在各種情境中都能成為細膩而真摯的陪伴。

廖紫媛

生長於充滿農村風光的臺灣雲林,1997 年生。對閱讀、寫作、音樂以及水晶藝術品鑑賞充滿熱情,這些興趣時刻都激發著創意靈感。現於臺灣和中國之間往返工作,路途中的所見所感亦成為了創作的泉源。

沈著

本名陳茁。出生於浙江溫州,就讀於台灣東海大學應用物理系,後赴新加坡國立大學深造。在東海大學讀書期間,得益於各位師長的教導和關懷,使我學習理解和傾聽這個世界,對此我至今仍心懷感恩。畢業後從事新能源領域工作。喜愛音樂和旅行。

恩歌

本名劉妮。出生於陝西咸陽,本科和碩士畢業於北京大學哲學系,博士畢業於香港中文大學哲學系。我是一個重生的基督徒。喜愛閱讀、寫作和音樂,以教書、寫作和分享為樂。對

我而言，印刻在心上的那些美好的人和事，縱使時光流逝，依然如星閃亮。

愛的困惑
林海峰

在別人眼中,我父親是一個好男人,他對工作努力不懈,比起其他兄弟更常照顧自己父母,即使妻子中風也不離不棄,鄰居們都稱他是完美丈夫。

但其實在我眼中對此充滿困惑,我對婚姻、家人、所有鄰居定義中的「完美伴侶」感到困惑。

從出生開始他便很少回家,因為去大陸工作,一年大概只回來一兩次左右,回來幾天後又匆匆離開。

因為很少見面,讀幼稚園時的我甚至不記得他的長相。在開始有記憶的時候第一次看到有這麼一個男人回家,還住了幾天,事後我聽爸媽跟朋友聊天時還提到我那時問這個男人的一個問題:

「你是誰?住那麼多天,不回家嗎?」

他們的朋友同情地對爸爸說:「你一定很難過吧?」

我一聽就覺得有千萬斤巨石壓在我身上,那是世俗常有的道德價值觀:不孝、忘恩負義、薄情。

那人辛苦跨海離家賺錢,一身辛苦換來的只是年幼兒子的遺忘。

但父親並不是一個會去計較的人，他為了彌補關係，時常寄機器人玩具給我，或出錢請我們到香港的迪士尼樂園玩。

於情於理我都該拿出敬愛我媽媽的心情，去同樣地敬愛他。但其實我做不到。

相反的，我很害怕他，在小四時他回家，媽媽提議讓他教我寫作業，但我可能那時一直背不起來單字吧（雖然現在我還是背不起來很多單字），他氣得把筆折斷，大罵我為何什麼都不會。

那時我被他的舉動嚇哭了，平時溫和的人，竟會突然暴怒、舉止粗魯。這造成我日後每次跟他對話時，背課文時都很有壓力。

對我來說，家人不僅是經濟上的生命共同體，更重要是透過互動製造許多美好的回憶，舉例來說我小二時媽媽發燒在家裡的沙發上躺著休息，我因為看到電視上有把濕布沾溼放在頭上的印象，所以去廚房把抹布沾濕放在她頭上，害她每天都跟同事拿這件事笑我。雖然難堪但對我們來說這便是美好的回憶，我能從中體會到愛的感覺。

但我在我爸身上很少體會到這種感覺，與之相關的記憶總是圍繞在每隔三天就一次的暴怒：「你怎麼什麼都不會！」、「誰教你這樣做了！」上。

接著就迎來我二十年人生中的第二個轉折點。

小五開學前一天，一個突然的電話就把我轉學了，媽媽

跟我都是開學當天才知道這件事,才急急忙忙地就搬到臺北市的一個舊房子裡去住,原因是什麼我們一直都沒問出個所以然來,反正猜再多只有一個事實我很明白:

我四周已經沒有半個認識的人或地了,這使我不怎麼想走出家門,就算出門也只是去附近的學校晃一下而已。

接著是第二個轉折點,小六時,我媽在上班時突然中風了,爸爸因此放下大陸副總經理的職位回台灣,改在家裡做起咖啡批發商的工作。

我與我媽之間最親密朝夕相處的連結就這樣漸漸被時間給磨掉了,雖然五年後她醒來我很高興,但我已經不太記得當初她是怎麼帶大我、怎麼跟我互動的了,我只記得「應該很好吧?」

在我媽中風住院的這段期間,我就跟這個可怕的男人生活在同一個屋簷下。

他不了解我,我不了解他。他大多數時間很和善,因此,他有時莫名的暴怒才會更加可怕,我們沒有共通的話題、我也不敢問太多問題,我害怕說錯話後,又是一陣怒吼,家裡因此時常沉默。

我想出門卻又不想出門,一是在家太無聊,二是外面的人我不認識,三是我又該去哪裡?到了最後我選擇把自己關在房間裡睡覺、看小說。上課時、吃飯時、洗澡時離開房間,待在這個小區塊最讓人安心,不必面對任何責問與痛苦的人際

| 愛的困惑　　**19**

關係。

　　但是我知道這個小區塊其實也不安全，因為他敲門時不開的話會被踹門。其實往日的生活我並不想多談，因為那是他第一次帶小孩，誰能怪他呢？

　　但是我實在無法去給予他與母親同等的愛，也許是害怕，也許是陰影，我並不曉得。

　　國二時，媽媽出院了，我時不時會觀察他們之間的互動，也許是好奇，也許是不習慣家裡有那麼多人。後來發現父母間的互動大多是父親傾聽應聲，媽媽講著結婚前的回憶，煮好飯菜時，我會提出好不好吃與改進的想法，但爸爸總是說都很好吃的回答，平時的相處都是媽媽看電視、爸爸盯著電腦做自己的事。

　　每當有人提起親情、愛情時，我的心中總有著數不清的疑惑：愛是什麼？親情是什麼？感恩又是什麼？

　　有人說愛是選擇，放棄大陸工作回來照顧孩子是愛？其實並不然。他是聽從爺爺的指示回台的。

　　他替臥病在床的媽媽還清所有卡債、供我讀書、撐起這個家，用錢給予人幫助就是愛嗎？

　　他在我媽媽中風時、我不聽話時、我學不會時、我忤逆他時，沒選擇放棄我們母子，我該感恩他嗎？我不信任人在經歷如此大的壓力時不會有任何想逃避的情感，也許支撐他下來的是不願丟臉與道德責任？

親情究竟是什麼？是虛應對方的回答？還是把嘗試把心裡的話、喜悅、悲傷講出來？

　　感恩究竟是什麼？建立在虧欠上的，還是義務上的？

　　在母親回家後，我心中一直繞著這個問題在轉，每每細思時總往壞的方向想，我並不想與其他人討論這件事，一方面是我談起事情的來龍去脈時，總會難過得無法自已，情緒激動時總是難以正確的判斷事情，只會聽想聽到的話。另一方面我覺得問題是出在我的身上，或許哪天時候一到我便能想通了，一切都是我庸人自擾的胡亂猜想而已。

外婆的愛
張貴惠

我的成長背景

我父母因為長期忙碌於工作,所以把我寄養在外婆家,但是每個禮拜都會回娘家順便看我和弟弟,我們從小被外公外婆扶養,長大到7歲才被父母撫養。我的童年,住在一個客家眷村,裡頭住的都是同一個姓氏的血緣親戚,在鄉村地區,老年人的生活幾乎都是種菜、煮菜,非常單純。

關於她的人生

外婆現在將近70歲,21歲出嫁,她總共生了七個小孩,26歲生第四個小孩我媽,阿太祖生了9個小孩,3個男生6個女生,外婆家裡排行第3(女生最大)。她做的粿都是阿太祖教的,父親是務農,母親是家庭主婦。小時候家裡面很窮,要去做火柴,做一千個才有6塊錢,她一天可以做兩千個,總共的工酬可以換來2～3包米(最多),因為她是家裡女生當中最年長的,必須負責照顧弟妹,煮飯、家內事。

她只有國小畢業,但是認識字、會算數,我外婆最拿手的

就是烹飪，每過新年他們都會來家裡拜訪，我外婆總會煮一桌好菜歡迎他們。外婆說她從小就被訓練要煮飯，所以她所學會的客家粿的作法，是她從小跟著阿太祖學來的，阿公祖和兄弟都是在水稻田裡務農，阿太祖是童養媳。自己的婚姻是做媒指婚的。

客家人的傳統生活

她的拿手菜是糖醋排骨、客家小炒、薑絲炒大腸、米苔目、麵疙瘩、客家湯圓、肉粽、東坡肉、梅干扣肉、香菇雞湯、水晶餃、仙草雞湯……還有草仔粿、菜包、蘿蔔糕、甜粿（年糕）、發粿、各種粿等等。

我記得她有一個大櫥子，裡面放了她陳年的醃漬食品，像是酸菜、梅干菜、菜圃（蘿蔔乾）……她擁有兩個廚房，一個是家裡的大灶（後廚房），是要柴燒的那種，前廚房是瓦斯爐的設備，她還有一個自己的研磨機，因為做各種粿的時候，需要把糯米、自來米……加以研磨。

家裡的後院，還養了一些雞、鴨，我小時候，還曾養鵝……，我每天都是被雞叫聲吵醒的。

我的童年與她（我眼裡的她）

外婆說她自從出嫁之後，就開始生小孩，外公負責外出工作（工地蓋房子），打零工，直到最小的孩子6歲了，才開始

自己到大街上賣水煎包（早上），直到我媽 22 歲出嫁生了第一個孩子——我，才開始撫養我不再賣水煎包。

直到她的父親中風，她說她當年背著還是寶寶的我，直到父親中風，才回到娘家照顧父親，等到父親去世之後，我才剛學會走路（2 歲）。等到我 3、4 年級，換母親——阿太祖被接回外婆家照顧。我每天都當外婆的跟屁蟲，去菜園看她澆水，外婆總是種菜，在家擺設尿桶蒐集尿液，再用推車把收集的尿拿來種菜。我就負責玩，旁邊的小溪，總是會有小蝌蚪，我總是玩弄著蝌蚪。

直到有一天，去菜園玩耍的時候，外婆在水溝上跌倒，整隻腳反摺，膝蓋壞掉，換上了人工膝蓋，那時候的我，還不懂事，只知道外婆跌倒，50 幾歲的時候換膝蓋，另一隻腳也漸漸老化，直到雙腳都換上人工關節。

外婆從那次之後，走路都是跛著腳的，她是一個很堅韌的女性，認真又勤勉持家。至今，外婆仍然煮著一桌好菜，仍然認真努力又勤奮。儘管被父母接回來撫養之後，我也還是會跟著媽媽，每個禮拜「回娘家」。我的媽媽依然還是我的母親，但外婆對我來說，是最偉大的母親。

她的生命故事，看起來很樸實，可是卻充滿了情感，我在這樣的環境成長，長大之後才知道，這就是客家人的傳統生活。我看著她努力地為這個家庭付出，為了小孩，從不吝嗇給出自己的愛。每天忙著顧菜園，為的就是每個禮拜等待女兒回

家，帶著自己沒有灑藥的菜，回家煮給孫子們吃，這就是她表達愛的語言：種植有機蔬菜、料理拿手佳餚。

外婆家的每個角落，幾乎沒有變過，很熟悉、很安靜……，長大的我被這樣的生命故事影響，成就了我對待事情認真的態度，同時也是家庭情感很重的人。外婆影響了我的感情觀，我在外婆身上，感受到什麼是愛。也在她辛勞的付出中發現，是愛使得一個房子成為家。對我來說最重要的地位，一定是家人，在無形之中，我學會了像外婆那樣用愛家人的方式，去愛我所愛的人們。

婚姻的力量
周語宸

　　如果兩個人非常相愛，是想要相互依靠，是下定決心要一起生活下半輩子的，那就可以步入婚姻。在我的想法裡，我認為一旦步入婚姻後，所謂的愛情是轉變成親情的，婚姻也保障我們在法律上的效益。

　　婚姻的意義，我覺得是每個人的一生，都會遇到的一條路，我的想法以及感情觀，是非常保守的，我認為女人就是要結婚，婚後就是要傳宗接代，這個觀念是我會去遵循的。

　　婚姻對我而言，是非常害怕遇到的，因為我自己本身是在一個單親家庭長大的，從小我的父母就因為個性不合，常有爭執及摩擦而離異。所以我很害怕步入婚姻，因為我知道如果我選擇離婚時，我的小孩心理壓力會多大。

　　自從我自己的父母離異後，我總是羨慕身邊的朋友，生活的一些微小細節，我都好羨慕。爸爸媽媽一起來學校，不論是來運動會還是親師座談會，甚至只是每天的上下課接送，對於我來說都是非常羨慕的。我也自卑過，小學到高中的社會與公民課，如果談到關於單親家庭的話題，我都會害怕同學聯想到我，即使我的父母離異後，兩人都是非常愛我及關心我的。我

知道一旦步入婚姻，就要為這個決定付出極大的責任，因為自己擔心以後我的小孩會走向我所走的路，所以我早在心中，許下一個願望：我一旦結婚就不會去想到離婚的結果，即使有可能會跟丈夫發生口角甚至發生巨大爭執，我也會想辦法改變要步入離婚的這一個壞結果。

婚姻對一生的意義關聯很大，因為我認為現代的社會，即使已經開放很多了，但是對於有前一段婚姻的女性都還是抱有歧視的意味，世人都會相互討論，是不是女生嬌生慣養，都不做家事，所以男生受不了才離婚等，有許多不公平的言論。所以對於女生而言，婚姻是非常非常重要的。婚姻不是兒戲，是真的具有效益的保障。

我曾經有認真的想過，現在社會的年輕人，結了婚後，都認為意見不合再離婚就好，但是在我們奶奶輩的年代，一旦結婚就不會輕易離婚的，因為保守的觀念，所以是不允許離異的，那現代人所謂的開放社會，有那麼高的離婚率是不是相對格外的諷刺。

到戶政辦理結婚，只需要花一百三十元的辦理手續費，可能結婚手續只會花短短的一個小時就可以完成，但是要如何來經營婚後到人生尾端的時間呢？就是取決於自己本身對於婚姻的意義。自己本身對於婚姻的看法，是最直接影響到自己對於婚姻的價值觀。

「為什麼你不結婚？」這一個問題我覺得是現在如果已經

| 婚姻的力量

到適婚年齡的人都會經常遇到的。那為什麼不結婚呢？我認為最大的問題是因為還沒有存到認為可以組成一個家庭的錢，所以不敢步入婚姻。這是我認為相愛的兩個人不結婚最大的問題點。婚姻，這個名詞，真的很沉重，本來相愛的兩個人，因為婚姻變成兩個家庭的事情，已經不是新人、情侶這麼簡單的問題了。也有相當多的案例，新人決定步入婚姻後，因為許多芝麻蒜皮事來讓他們無法完成婚禮。結婚是雙方家長要見面的，是要談很多很現實的婚禮大小事，要說關於聘金、禮金……等的細節。婚姻一旦決定了，就是家庭之間的事，所以婚姻是要很仔細、認真去思考的。

《婚姻的意義》一書，為認為有三個重要的篇章。第一章節提到，婚姻的奧秘，裡面提及一個很重要的一點，對於婚姻我們應該要相互尊重另外一半，我們往往都會對最熟悉的人殘忍，我們往往都會對最依賴的人講很難聽的話，因為我們知道，對於不熟悉的人要懂得尊重，要多看他人臉色，但是我們卻都會忘記對自己身邊最重要的人，是更應該有相對尊重的，婚姻後的另一半就是親人，而親人是會凡事為你著想的，那書中提到的尊重更可以套入這樣的例子當中。

第二章提到，婚姻的力量。步入婚姻可以讓我快速地成長且茁壯，因為每個人都會為了婚姻而去改變自己不好的習慣，自己的親家人，可以忍受我們所有怠惰的生活方式，可能房間雜亂無比，親家人都會睜一隻眼閉一隻眼，可能衣服可以在自

己的家好幾天都不洗，然後一次性一起洗。可是步入婚姻的新人，從兩個截然不同的家庭出來，然後結婚住在一起，難免會有糾紛，難免會很不適應，不過因為是婚姻，因為是自己選擇一輩子的人，所以會有力量為他改變，對我來說這就是婚姻最大的力量。

第三章提到，婚姻的精隨，當有人說我愛你不需要一張紙，別用婚姻毀掉愛情，他到底想表達什麼意思呢？他主要是用情緒和慾望來衡量愛，並且他的話並非沒有道理，婚姻的法律文書並不會直接增加兩人之間的浪漫感受。這是我看到書中重要的片段。

曾經衡量愛，首先不是看「你想得到多少」，而是看「你想付出多少」。所以，當一個人跟另一半說我愛你，但別用結婚來毀掉這種感覺時，對方其實在換句話在對你說：「我對你的愛還不足以讓我放棄其他的選擇」，「我對你的愛還不足以讓我完全放棄自己」。所以不要認為這句話沒什麼意思，如果愛你，是會給你一個名份的，也就是說如果愛你，是會給你他整個天空的。

所以下定決心去改變，才能接受新的事物，特別是感情中的一種表現，必須改變那些你不想改變的東西，你的另一半也是如此。這條路最終會領導我們進入一個堅固的、溫柔的、喜樂的婚姻。但是，那不全然是因為你找對了人，不是因為你找到了那個完全合得來的人。

不曾離開
陳俊亦

　　家，這個詞語，它可以重如千鈞，亦可以輕如鴻毛，更可以是種輕聲附耳的情愫，嘻笑怒罵的一家子，恍惚間是摯友也是家人，更是筆鋒下一聲重重地嘆息。

　　對於「家」我們應該如何去理解呢？是生我養我的地方？是教導我的地方？是讓我成長得以獨立的地方？還是一張床、一碗熱粥、一句安慰的話語？只能說，都是也都不是，為什麼我會說不是呢？因為在人生的不同階段，我們所感受到的「家」都有各種不一樣的情感，此一時彼一時，每次剎那間憶起時，都是新一層認識，所以我說不是。而不管有多少感悟，多少不同的經驗來詮釋家，都只是像洋蔥一樣，一層層地生長，只有逐漸地深沉，生成包裹著思念與認同的一顆大洋蔥，都是以家為體，所以我說是。

　　「我一個人思念我們仨」，緩緩吐出的思念，包含對家的認同，刺中了平淡的秘密，掀起狂瀾風暴，最後歸於字裡行間。

　　現代的高科技使我們的生活更加的便利，但是在各式各樣的現代科技環繞中的我們，還有辦法尋回那份平淡卻深刻的真

誠情感嗎？電話、簡訊、通訊軟體使人與人之間可以隨時隨地的溝通，無論是在大江南北抑或是天各一方，空間再也不是人們的阻礙，真正的阻礙是人心與人心之間的距離。因為唾手可得，所以人們遺忘了心與心之間的互動，那種緊貼在一起的精神交流，導致隔閡變成越來越堅固的結界。

當我們到網際網路的虛擬世界之中去追尋心靈的安慰時，我們似乎在進步的同時也退步了，官能的刺激成了現在的流行趨勢，那些身邊平常卻真實的情感呢？縮在角落瑟瑟發抖的，是被我們拋棄的最初的本心。當電話、簡訊讓我們能夠快速、隨意傳達心意的時候，我們是否少了「日日思君不見君」的苦苦期盼，且同時，我們是不是也少了「身似浮雲，心如飛絮，氣若遊絲」的心靈悸動呢？當飛機和火車讓我們能幾個小時之間橫跨千山萬水，渡過萬里河山，所有的距離都不再是距離時，我們的心真的有像外在的交通一樣，不斷地被拉近嗎？我們不再有「思君如滿月，夜夜減清輝」的婉轉溫情，與此同時，我們還有那份「衣帶漸寬終不悔，為伊消得人憔悴」的刻骨念想嗎？

現代人幾乎都在汲汲營營，也包括我，追尋著慾望激情，打拚壯闊宏圖的事業，品嚐沉醉動人的愛情，卻忽視了平淡中的美麗。我們總是自以為人生中最重要的事，僅限於擁有理想與追求，紅塵滾滾浪濤天，每天在喧囂中為了生計和所謂的理想而奔波忙碌，又有幾人曾駐足深思內心的聲音？我們抱怨、

批評、貪戀、渴求、不滿，認為生活枯燥、無趣、死沉、宛如一潭泥沼。我們有沒有在生活的平凡中找到生活的意義？認識平凡，細細感悟細枝末節中的溫馨與樂趣，生活原本就是平淡的，但在這平淡中的直覺才是難能可貴的，就像歌中唱到的「所以溫暖卻曖昧，所以似是而非，讓那直覺自己發揮」。

就我自身的經歷來說，因為我的父母在我小學時便雙雙去世，對於家的感受，我更多是進行追憶以及懷念，對於楊絳思念丈夫與女兒之事共鳴頗深。因為，我的腦海中關於父母的印象與畫面從來沒有消逝過，即使平息也只是潛伏，更像是在釀酒，七分的情懷與三分來不及說的話語釀在歲月的故事裡，由我的成長來代替香料，我的身體來代替酒甕，我的人就是這甕永遠也釀不完的酒。

小時候的點點滴滴，我的媽媽總是和我說不要太皮，這樣不能得人疼，當時的我不懂，只覺得這是沒有意義的嘮叨，依然自顧自地玩耍。直到爸爸突然走了的那天，噩耗傳來時，我傻楞楞地什麼也說不出來，我並沒有哭，可能還不懂那個情緒是什麼，那名為悲傷的情緒還在醞釀。家中少了一個支柱，天差點就要塌了，塌了一半，而另一半就由我的媽媽支撐了起來。那個拚著血和汗與淚水的，也要拖著疲憊的沉重身軀，背負喪夫的打擊，繼續為了這個家而打拚，這個家，原本就要支離破碎的家，只因她延續了下來。她更加地確立了作為家的精神連結，即使殘破的病軀已經快走不下去了，卻不能阻撓這份

對於我和姊姊們的愛，我們幾個孩子感受到無比輝煌的光輝照耀著我們家。

　　但是後來黑夜來襲，把支撐這個家的太陽擊敗了。山雨欲來，狂風呼嘯，我的媽媽跟隨我爸爸的腳步病逝，是乳癌，在絕症面前家的光輝似乎不堪一擊，曾經的燦爛耀陽，卻也倒地不起，黑夜再度籠罩大地。我知道應該悲傷，我知道應該難過，但是我愣住並瞪大雙眼，幽怨地凝視著媽媽，卻道不出一句話。淚水呢？卻怎麼也流不下來，我是不是覺得自己繼承了那份家的信念，所以不能隨意痛苦，需要堅強來化解目前的困難，需要真正的男兒，那可是錚錚傲骨，我能夠承擔嗎？年幼的我疑惑地自問，也問天：我的家還在吧？

　　我試圖把陰霾掃去，卻還是陰雨綿綿，家中親戚長輩都不說，但是我知道，我是孤兒。我得承認這個事實，卻忍不住背轉身去，企圖假裝這是謊言，活在假相與現實之間，我不得不面對那段時光，明明已經是過去式，卻不曾離開，我背負著爸爸與媽媽的信念，活了下來。

　　是日，滂沱大雨，非常疼我的奶奶去世了，腦瘤，我的腦內似乎也有腦瘤般，正在壓迫著淚腺，我咬牙忍著，卻再也把持不住了，豆大的淚水或落或流或墜或滴，我這時候才明白什麼是悲傷。這個情緒影響我多年，不斷地要教我認識它，如今我學會了，連同爸媽的份也一起學會了。這次是我第一次釀酒，釀的是苦澀不堪的啤酒，琥珀色帶泡的酒水，淋滿了全

身，將我的衣衫化去，赤裸裸地面對每一位親戚，腐蝕我心中的悲傷。那顆左右我淚腺的腦瘤漸漸縮小，最後縮到豆點大小，這時候才開始真正的接納這個不像家的家，是我的家，無可否認。

我開始認識這個自以為沒有愛的家，其實愛一直都在，在曾經的字句，在一床老舊棉被，在一台顯像管電視，在我的腦海，都是愛的儲藏櫃。那天，我夢到了我的父母，他們對我說了很多，多到我記也記不清。我們在社區的寺廟前庭散步，爸爸變得年輕且有茂密的頭髮，媽媽散發這活力與青春，一頭烏黑秀髮隨風搖擺，最後他們一起躺進了我駛來的銀色廂型車，蓋上一床白色的柔軟棉被，帶走了我多年的憂思，帶來了我的家。

四面俱是家的環繞，怎奈我們總是想著埋藏。試著做自己，作為獨立的個體，理性的存有，這是現代必不可免的趨勢，也不是錯誤的認知，但是我們總是會聚集，組成伴侶，建立家庭，構築社會，避不可免的我們終將是整體中的個體，即使是個體也仍是群體的一部分。

言此則思及東方思想有其獨到處，家庭成為了山河社稷的重點，對於家庭我們從古至今都抱持著汗水與糖糕，便是生計與情感聯繫，這是家庭的重點。尤其是情感聯繫更為家庭的靈魂，互不信任的家庭好似丟了靈魂的行屍走肉，情感濃厚的家庭就像金黃的糖糕，炸得酥脆的外皮是耐得住風霜的家人，柔

軟甜蜜的內餡是精神緊密結合的溫馨。

家是樸實中滿是剔透的思念,就如同看著楊絳訴說著年輕時在異地求學,輾轉數年回國任教,與機靈的女兒相處,或大或小酸甜苦辣鹹澀腥沖之中,是用心過生活的三個人。無論距離的遠近,也不言山前有多少阻礙與坎坷,他們仨總是能以豁觀圓融的態度,笑看人間幾多愁,只要三人在一起,天涯無處不是家,千苦萬難有家在,萬事隨心自閒暇。

溫馨平實的家庭已經成為這一家子最安全的避風港。即使到後來分隔陰陽,卻難斷真摯情愫,用心靈的墨水灑向三途川,默默地傾訴。那溫情和傷悲埋藏在字裡行間,生命的真諦,並不會因肉體的毀滅而消逝,那溫暖親情如銅柱屹立於茫茫塵世,那銅鎖已經將他們仨牢牢聯繫在一起,「家」的意義盡在歲月風霜中一覽無遺。

或許,楊絳生命中最愉悅最溫暖的念想,便是與鍾書、阿瑗三人在各自的書桌前,閱讀各自手中的書,互不侵擾的狀態下,三顆心卻是無比貼近。

婚姻是什麼？
劉岳

在現在網路科技的發展下,想要結交各式各樣的人是一件非常容易的事,相較於短短半個世紀前,這樣的發展實在是非常快速。而在這資訊流通迅速的時代,人們對於婚姻的意義也有了突破性的改變,而更重要的是人對於自己的看法也有了進一步的改變。我會看這一本書很大的原因也是我們這一代對於婚姻的看法也已經有很大不同的想法:究竟是什麼原因讓我們對於其意義有了跟以往截然不同的看法呢?

婚姻在以前像是一種看不到的束縛,這束縛會讓男人與女人都知道需要為這段感情有所犧牲,男人有了家庭要為了小孩與妻子在外打拼,女人要擁有照顧家庭的能力,雙方踏入婚姻時就是一種蛻變的過程,男人學會如何成為真正的男人,拒絕誘惑,扛起一個家庭的責任,女人放棄以往的生活,每天要照顧家庭,給予丈夫支持與陪伴,婚姻看起來是平凡無味的,但就像是水一樣,雖然沒什麼味道,卻是比任何液體都來得健康。在基督教的觀念中,婚姻是神給予人們一種幸福的儀式,讓人們可以幫助促進社會,產生下一代,使下一代在美好的環境下成長,讓這個社會變得更好。婚姻是為了大家的,無私是

一個很重要的因素,這不是私人的想法,是為了大眾這個社會,婚姻的意義是為了讓人們可以活在更好的環境而有的一種約束。

隨著時間與科技的進步,像是過去印刷術的普及,給了人們可以擺脫神學的觀念,以人為本這個新式的概念產生,人們不再像是以前為了社會而改變,而是強調活出自我的價值與肯定,由大眾轉為私人的概念慢慢地出現,人們對於婚姻的看法也有所改變,從我們四周可以發現年輕人對於婚姻是恐懼的,各種研究顯示出離婚率的提升,但卻沒有很實在到探討其背後的問題,有許多離婚夫妻往往是先有小孩才結婚的,這在過去是很少發生的。現在的婚姻沒有以前的嚴謹,這也是離婚率提升的原因,因為大家把婚姻當作私人的事去看待,我們自認為自己的婚姻是可以自己決定何時開始何時結束,已經是這個社會的通病,不把這個社會環境當作一回事,這是很嚴重的,影響的不只是我們周遭更是我們的下一代。從人們把自己個人特質當作生活的主要目標開始,人們開始認為婚姻應該是找到一個能夠配合自己生活的另一半,不管是慾望方面或者是感官生活等等。這些都是為什麼現代人難以踏入婚姻,男人認為女人要漂亮要愛家要讓自己有面子,女人認為男人要始終如一把她當公主般對待,每天過在童話故事的情節,這些把婚姻完美化的下場就是單身比例越來越高。

婚姻是有許多益處,據研究指出,在婚姻中的男性如果面

臨低潮或者挫折，會擁有比較多的機會比起那些單身的男性振作起來的比例高出許多，代表著當一個男性在擁有家庭是對他來說非常有幫助的。不管是抵抗壓力，轉換心境，另一半都是一個非常重要的角色。人往往是一個人孤零零的時候會亂想，現實社會案例中常常看到人想不開輕生，這些輕生者裡面單身者佔比為重，顯現出人類是多麼需要一個被認同與陪伴的群體，回到家有聲氣對於一個辛苦工作回到家的人們是多麼大的一種欣慰。

在經濟方面，現在 22K 環境下，年輕人常常認為結婚是一個財務的黑洞，買房、買車、生小孩、教育基金和許許多多的生活開銷，他們認為有房子、車子這些工具，代表著生活有了保障，可以舒舒服服的穩住生活壓力。但根據研究指出，已婚者的收入比單身者的收入多了整整七十五個百分比，這顯示出我們對於婚姻這個看法有些許的誤會，確實現在買車、買房對於現在領 22K 的年輕人來說是一件非常困難的一件事，路不轉人轉，我們可以先從租屋開始，兩人從小家庭開始，互相勉勵，這樣做的進步幅度是非常快的。根據研究統計，一個家庭雙方會給予比較多的勉勵，促進雙方的進步幅度，這個幅度是單身者進步幅度的數倍，這不是沒有原因的。當你們是一家人時，你們要一起面對的是一整個後面的人生，不像是交往一樣各過各的，會讓你對於另一半的責任也看在心裡，這是一件很好的事，這樣的勉勵是雙方共同的目標。還有些人看到近幾

年離婚率的提升，便懷疑是不是婚姻真的那麼可怕，但其他統計表示出，人們在婚姻中的幸福指數並沒有減少反而還增加，因為婚姻當中並不是所有事情都會如此順利的，雙方之間的摩擦、經濟的壓力、生活觀念或者是理想難免會有不一樣的出入，但這些都只是婚姻過程當中小小的問題，是每段婚姻都會經歷的過程，受訪者們都經歷過這些問題，而他們往往在度過這些難關後，回頭看看這些問題不過都只是過程中的插曲，幸福度反而會有所提升。

我認為婚姻的意義比較偏向是西方基督教的想法，確實現代的想法是比較開放的，對於思想或者是性的方面這些都是男士們在婚姻這條路上會遇到的誘惑，我們常常諷刺婚姻是愛情的墳墓，但我認為婚姻是愛情的昇華。你可以在婚姻中堅守與相信一個人，與他在一起是一種榮譽的象徵，培養一個溫暖的家庭，看似如此平凡的事情在過去是十分尋常的事，但對於現在的小孩，單親的已經比過去多出太多了，這其實就是因為人們沒有把婚姻這件事當成自己的一種責任，而都以自主的理由，簡單的把責任給推託掉，我認為這是只取片面有利之詞來合理化自己的行為。他們並沒有看到婚姻的優點，只在乎那個為了私慾的自由。

在現在二十一世紀的環境下，確實我們年輕人的生活壓力會比過去幾十年來的人較大一點，但是這問題並不會你去抱怨而有所改變，我們應該培養出克服它的方法。在健康方面，孤

獨是人最大的敵人，不管是身體上還是心靈上都是如此。在我的大學生活中，我幾乎每學期都有在打工，往往假日是店裡最忙也最需要人力的時候，所以這時候工讀生一定是首位安排上班的最佳首選，而通常假日又是我們最想回家跟家人度過時光的時間，但因為工作只能放棄回家的時間，在經歷 8 個小時工作與客人的摧殘，終於可以回到租屋處休息，到了租屋處一陣孤寂隨之而來，沒有人可以跟你分享今天在工作上得到的成就或者挫折，這是一件非常難受的一件事。高中打工回家時，家人第一句話一定是今天上班如何啊，有沒有被罵啊之類的事，當時都認為這些話就是沒話聊才想出來的問題，但當真正離開家才知道，這麼一句小小的問候，能夠消除掉多少的疲勞讓自己從新開始，繼續奮戰禮拜天的 8 小時。這個經歷是真真實實的發生在我身上的事，讓我相信著，一個有婚姻的男士一定會比單身的男士擁有更多的精力與活力，去完成工作上的目標，因為家中的陪伴是人最需要的一個東西，這只是婚姻中其中一個小小的益處，但它發揮的卻是所有的益處。當你回到家後，洗滌了心中的疲累，那些給你壓力的事得到了抒發，讓你身體與心理獲得了救贖，這解決了你往後的身體疾病，雖然這是短時間無法去發掘的但是卻是令你終生受用的。再來是工作上面的表現，不會因為昨天的小小失誤而有所動，你可以用百分之百的平常心面對接下來的挑戰，往往人的表現下滑都是因為同事主管的壓力或者之前的過錯導致，但有了家庭這堅強的後

盾，使你不再害怕犯錯誤，而是會從錯誤中學習。我認為這也是婚姻給予的益處中數一數二重要的，人往往需要在迷惘時有一些適時的建議，另一半就是那重要的關鍵，他是你最親也是最了解你的人，如果他的意見你都不能相信，那麼我看沒有人能夠幫助你了。

　　我所認為的婚姻並沒有一見鍾情這件事，一見鍾情只不過是給你想認識對方的衝動，婚姻是經過一段時間思考後的決定。現代人之所以害怕結婚其實絕大部分原因都是在找尋不可能的完美情人或者是不敢踏出那勇敢的一步──離開舒適圈成長蛻變成一個有責任的人。我認為婚姻的意義最重要的就是讓人成為和傳承這份責任的一種過程，並且讓這個社會有所改變，給予人們更好的未來，不讓下一代有著我們這一代看不到未來的想法。

我們仨
──愛與理解的生命故事

陳孝皇

第一次看到這本書的時候,一直不懂為何要取「我們仨」作為本書的書名,是三個人嗎?是怎樣關係的三個人呢?三個人之於本書主題的重要性在哪裡?但看到文尾,似乎也終於依稀能懂「我們仨」其實不只是說明三個人之間的群體生活關係而已,更是直指對於作者而言的生命體驗裡,存在於家庭、伴侶、親子關係的那份單純與珍貴,還有無限的回憶與追思,只有「我們仨」才能成為「我們仨」,缺一不可,也是作者為了完成女兒生前未能完成的文章而延用的篇名。

在本書中,透過作者楊絳樸實的筆法描寫了她一生的家:由先生鍾書、女兒錢瑗(小名:圓圓)和作者自己所組成的小家庭。本書透過敘事筆法的回溯使讀者能夠隨著楊絳的遭遇與後續開始進行回憶的角色出發,主要採第一人稱的敘事視角,以《我們兩老了》作為本書一個敘事的開頭,破題使用「有一晚,我做了一個夢。我和鍾書一同散步,說說笑笑,走到了不知什麼地方。太陽已經下山,黃昏薄幕,蒼蒼茫茫中,忽然鍾書不見了。我四顧尋找,不見他的影蹤。我喊他,沒人應。」

暗示對於與自己一同逐漸老邁的先生鍾書健康狀態的擔憂，害怕伴侶死亡造成的恐慌，也用「夢」作為一種貫穿的筆法，讓我們得以理解夢在本篇中所扮演的意義：除了象徵楊絳內心的不安與畏懼之外，更有敘事的功能（在本書中前兩篇無數次使用夢當作一種敘事手段），而在《我們仨失散了》這篇當中，除了依然使用夢當作一種敘事手法之外，也透過丈夫鍾書的船舟的飄渺不定傳遞出丈夫已然身患頑疾長年臥病在床與檢查手術不斷的一個狀態，而此時的女兒錢瑗也因為身體抱恙而進了醫院，經歷過三波四折，百轉千迴也是回天乏術，作者與女兒餞別了，依舊是在夢中「她終於回去了」，而她的丈夫鍾書也相隔不到一年去世了，於是乎，在那個象徵人生的古驛道上，他們終究「失散了」，而作者的反應是「我睜開眼睛，我正落在往常變了夢歇宿的三里河臥房的床頭。不過三里河的家，已經不復是家，只是我的客棧了。」作為「我們仨」的那個家，已成了客棧，只剩作者被留在這裡，思念著過去回憶，前兩篇在第一次看的時候沒有看到尾部並不會有很清晰的理解，這可能與作者使用「夢」作為一種敘事手法有關，不過就因為是夢，所以其傳遞的感受便是最真實的也是她最擔憂的部分。在第三篇《我一個人思念我們仨》則是以質樸清晰的筆法論述了作者與其丈夫鍾書在海外求學並得子後歸國的這段人生歲月一直到丈夫小孩去世的悲痛，家對於作者的價值信念與其作為生活中支柱的重要性。而我們也能透過一些小細節得知作者對

於這個家逝去的悲痛與懷念，結尾更是使用了直接式的交代手法，說明丈夫與女兒的死亡事實，也為整本書帶來最後確認的無限惆悵與對於這本書的感動。

家，究竟是作為怎樣的存在，我想在這討論當中涉及到了很大的倫理道德責任問題之外，更多的是關於「愛」這件事的討論。對於親人的愛與耐心其實真的可以很單純，但卻不簡單也不易長久實踐與維持。家人究竟是在什麼樣的狀況下才能稱之為「家人」？我曾十分地懷疑過這件事，原因是因為我想到我父親在他原生家庭所遭致的境遇與他後來的轉變問題，我父親從國中時就肩負起來自於其原生家庭的責任，與父母一起合力養起其他六個兄弟姊妹，而我父親身為長子，就這樣順理成章地被冠上必須要實現這個責任的目標，而因為他非常孝順與非常愛護他的兄弟姐妹，便就這樣出社會工作了，而其弟妹在其協助撫養之下安穩地長大求學，直到各個都成立家庭時才漸漸地不需要我父親的撫養。我父親一個作為大哥的角色，同時必須肩負起爸爸的責任，這其中可能有不少的部分是出自於我爺爺的不負責心態所導致，到後來甚至我父親結婚生子了，雙邊蠟燭兩頭燒的狀況下，過著借錢度日的日子，還花錢籌買了一棟房子給其父母與弟弟妹妹住，自己卻沒有該房屋的所有權與鑰匙。後來遭逢金融海嘯的變故，我父親所從事的那份工作更是不景氣蕭條，面臨到工資減半及裁員的問題。也因為我奶奶的去世、與母親感情不睦及姊姊的離家出走導致我父親的精

神壓力狀況崩潰，而後憂鬱症及躁鬱症更是纏著他的身體使他無法正常地工作。我還記得他尋求助於他的兄弟姐妹時，即便他們經濟許可，卻沒有人願意略施援手，令我父親感到相當灰心，甚至到了我父親過世時，更是沒有人願意陪伴他走完最後一程，留在身邊的只有我們這些小孩子，令人不勝唏噓。家人究竟在哪一種狀況下我們才會稱之為家人？我認為這中間必須要有很深的情感連帶，但有時候這樣的情感連帶是很複雜的，我對於我父親的關係也是一個這樣的例子。在國中開始因父親生病而產生的家暴行為長達四到五年，一開始我還可以進行理解並照顧，但漸漸地就沒辦法再加以忍受了，基本上都只是雙方惡言相向，或者是沈默以對。而我父親似乎也開始模仿起他父親那樣，不太負責任地要我與母親共同面對著家庭重擔，而母親則要求我必須出去上班養活自己與賺取自己的高中學費，這一切都讓我非常地不理解與某種程度上的憤怒。一直到最後我父親臨走之後，經過這幾年的思索，我才漸漸地對此事釋懷。或許我不應該再造成這樣的家庭複製，階級複製了，而中止這樣的惡性循環的方法就是：意識到它，因為只有我發現了我們家一直以來所潛在的問題，才有辦法使自己的下一代或者是家庭不會有這樣的狀態產生。

但我對我父親的情感仍是一種很深的愛，但這種愛似乎已不全然的美好與值得懷念，這也是我在這篇小說裡看到最為令我有感觸的部分，可能是因為我曾經擁有過這樣的美好，但某

些衝擊的記憶還在,導致我不想去正視我對於我父親的愛。亦或者可能是我的情感本身就來得比較慢,因為當我認真地意識到我對我父親的愛與傷感他已離去的事實而產生的痛之時,已是他去世達三年之後。我覺得家人之間能夠像是「我們仨」這樣的家庭互動關係的良好維持真的是不簡單,又或者作者可能只想把他對丈夫女兒的親情思念化作文字得以保存下來的話,那麼這當中所有的不好的感受與事件都會得到解脫,家人的愛對我而言有時候是這世界上最難以被描繪與說明的愛,至少它不全然是愉悅的。但也就是我們都認知到有這樣的不足,我們仍能透過愛去包容著這樣的不足。我們不僅僅是只有認知到責任而已,而是認知到我們深愛著我們的家人這件事,那麼才得以感到親人依舊健在的欣慰與理解親情的偉大,我似乎是這麼在看待這件事的,也因為深深意識到這件事情,所以就會開始很關心逐漸年邁的母親,也會開始在意母親的感受與理解她的需求,並從中得以更加臆測到作為母親的種種不易之處。

在看完這篇文的時候,也正好是我回到臺北老家的時候,我與我母親的關係也是幾乎沒有談過心事的關係。因為母親在我心中一直是一個比較理性、比較一板一眼的角色,但我透過那日主動向她發起的長達兩個多小時的深夜談話當中,我才漸漸可以理解母親的為難與偉大之處,也讓我很感謝有這樣的機會與選擇能讓我更加了解我母親多一些。或許是「我們仨」的筆法讓我可以透過作者的角度得以了解作為一位母親對於子女

的擔憂，才讓我有此一舉動的產生，我也感謝我有這樣的一個機會可以讀到這本書，讓我得以進行換位思考，去焦慮去感受一位家庭中的母親的不易與擔憂之處，而得以修復我與我母親長期以來疏遠的關係（因為自從父親去世過後我對於我母親有一大段時間十分的不諒解）。也是因為「我們仨」，讓我能夠知道親情最可貴與最平靜美好之處，就是做為一個存有者而言，是相當重要的一個課題，因為我認為「愛是向著我愛著我的存有而來，愛，就是對於自身存有的熱愛與追尋，透過這樣的追尋進而達到人生極致幸福的狀態。」在這當中，存有樣態裡的親情關係就會是一個很重要也很必要處理的人生課題。

付出
──愛的期盼

廖紫媛

　　人的一生，或許除了追求功名利祿以外，還需要一份安全的歸屬感，希望有人可以愛著自己，找到一個也愛自己的人，並且和他共度一生，白頭偕老。

　　詩經中有這麼一首詩是衛風的〈氓〉：

　　　　氓之蚩蚩，抱布貿絲。
　　　　匪來貿絲，來即我謀。
　　　　送子涉淇，至於頓丘。
　　　　匪我愆期，子無良媒。
　　　　將子無怒，秋以為期。

　　　　乘彼垝垣，以望復關。
　　　　不見復關，泣涕漣漣。
　　　　既見復關，載笑載言。
　　　　爾卜爾筮，體無咎言。
　　　　以爾車來，以我賄遷。

桑之未落,其葉沃若。
於嗟鳩兮!無食桑葚。
於嗟女兮!無與士耽。
士之耽兮,猶可說也。
女之耽兮,不可說也。

桑之落矣,其黃而隕。
自我徂爾,三歲食貧。
淇水湯湯,漸車帷裳。
女也不爽,士貳其行。
士也罔極,二三其德。

三歲為婦,靡室勞矣。
夙興夜寐,靡有朝矣。
言既遂矣,至於暴矣。
兄弟不知,咥其笑矣。
靜言思之,躬自悼矣。

及爾偕老,老使我怨。
淇則有岸,隰則有泮。
總角之宴,言笑晏晏。
信誓旦旦,不思其反。

| 付出──愛的期盼

反是不思，亦已焉哉！

　　這首詩的內容大概是在講述一名棄婦的婚姻悲劇，由初戀、結婚，進展到遭受背叛與親戚嘲笑，最後以棄婦堅定決絕的態度作結。氓一詩中，男主角是個身無分文的人，起初他以不正式的方式向女子請求婚約，因此被拒絕，但他沒有因為這樣就放棄追求女方，而是在秋天選了個良辰吉日重新迎娶了她，而後劇情便急轉直下來到了女子遭受拋棄後的心情獨白。女子在當時的婚姻地位並不高，被拋棄時常被視為理所當然。

　　有人會覺得，女生的年華比起男生更加可貴，因為女生的本錢不外乎是身材外貌，但我想不管是男是女，共同擁有的本錢都是分分秒秒在流失的生命，而這是我們都能意識到的。在氓中，女子也體認到了自己不能繼續浪費時間在男子身上，她知道不管如何，男子是不會再愛她了，再怎麼無奈，都要割捨這份感情，讓自己得到解放。我們不知道這首詩中後來男女主角各自怎麼了，或許女方後來找到了更愛她的男人，也或許男方後來如同漢樂府詩中的《上山採蘼蕪》的「故夫」，後悔自己拋棄了前妻。

　　而我也因為對《氓》一文有感而發，而做了一首現代押韻詩，詩作名為《向陽花》：

　　因為有了太陽，才有了力量，

在那貧瘠的土壤，奮力生長。
儘管滿身泥濘，卻嘴角上揚，
因著陽光的滋養。

清晨，光芒撫著臉龐，溫暖而慈祥，
終生的期望，都在你身上；
正午，熾光曬傷臂膀，疼痛且灼燙，
你卻躲在一旁，嘲笑我的荒唐；
夜晚，僅存毫無溫度的月亮，
映著我滿身的遍體鱗傷。

原先的鮮黃，枯槁成焦黃。
青春年華，在虛淌中流淌，
昔日的期望，是今日的重傷。
路過的人兒，熙攘
望著我已百孔千瘡，卻抓土不放。

我還在找，下一個太陽。
託付我僅剩的信仰。

　　這首詩是以《氓》一詩中的女方角度做更進一步的衍伸，我希望遭受拋棄的女方不要因為一時的感情失意就放棄了自己

被愛的權利。或許在那個時代,很多男性不接受已經結過婚的女性,但若有幸遇到那麼一個,值得自己再一次幸福的人,我希望她不管是在哪個時代,都可以緊緊抓住,再一次為對方綻放自己鮮美的花朵,重新成為鮮豔動人的向日葵。

而不僅僅是女性,男性亦同,大家都同樣追求著愛人和被愛。期望在不久的未來,人類的社會能以更完善更好的方式去處理各種情感問題,讓所有人都能沐浴在感情的暖陽下。

愛靈魂之人的腳步
沈著

「滅了烈火的猛勢、脫了刀劍的鋒刃、軟弱變為剛強、爭戰顯出勇敢、打退外邦的全軍。有婦人得自己的死人復活、又有人忍受嚴刑、不肯苟且得釋放、（釋放原文作贖）為要得著更美的復活。又有人忍受戲弄、鞭打、捆鎖、監禁、各等的磨煉、被石頭打死、被鋸鋸死、受試探、被刀殺、披著綿羊山羊的皮各處奔跑、受窮乏、患難、苦害、在曠野、山嶺、山洞、地穴、飄流無定。本是世界不配有的人。（希伯來書十一章三十七到三十八節）」

而李文斯頓就是這樣世界本不配有的人，在人類工業化的開端時期，他選擇了世界深處的荒原，目的不是為了簡簡單單的發展或交流，而是為了心中更大的信念，為了一份更高遠的使命。

對於歐洲世界來說，那片土地堆滿了黃金和象牙，但由於對非洲大陸所知甚少，且在歷史上多次有探險隊冒險進入非洲大陸，都受阻於高山大河沙漠，結果鎩羽而歸。一四八二年葡萄牙航海家卡默來到毛依洛湖，遇到住在河口的剛果族，就稱這河為剛果河，他向剛果王買了幾個土著，沒想到就成為後來

非洲販賣奴隸的開端。隨著工業化進程的一步步推進，人類擁有了改造自然的能力，進入非洲，同時也彰顯人性，悲劇的發生也伴隨著人類對於非洲更深入的瞭解。土著人之間具有很大的差異性，對世界的理解方式多基於部落的酋長和巫師的一面之詞，甚至一些令人費解的傳承也有其感人的原因，但外界還是依照原來固有的價值觀來評定其他文化的價值，偏見進一步加深奴隸化的現象。

而有一個人，帶著包容與關愛進入非洲大陸，用腳一步步丈量信心的寬度，用一顆赤誠的心感化兵戎，他曾說，「信仰是文化之根。」他叫李文斯頓。

在深入非洲的過程中，對土著人形象的描述是多種多樣的，而每個形象的描述都透露著獨特的需要。

露烏瑪河是非洲的一條大河，但從來沒有外人深入過，兩岸有著不同的民族、不同的語言甚至是物種。露烏瑪河有一個可怕的傳說，相傳進入者會被詛咒，遭受天譴，李文斯頓卻寫道：「一顆軟弱的心，就像過度敏感的鼓，一粒灰塵落上去，也會發出聲音。」

他們懼怕大自然，敏感，甚至把它當作神明。

而對於土著來說，就算是明白了主耶穌的道理，也難以應付這個世界的種種，也難以擁有真正的愛。面對太大的世界，他們失去了判斷，如同迷路的孩子。

富足者的軟弱

當年探險隊出發時，這些馬克洛洛人每人只帶一些輕便的行李，一天至少可以步行十公里；但是五年後的行程，有的土著開始帶著妻小同行。為此考慮，李文斯頓一天只走五公里。但是才出發幾天，土著就怨言四起，有的抱怨腿腳疼痛，有的抱怨睡得不好，有的抱怨路途遙遠，更有幾個要李文斯頓保證，他們回去之後可以擔任不同部落裡的村長。

風沙，走石，有時候比刀劍更能侵蝕人心；流言密語，往往能壓倒人心中最堅實的堡壘。

「李文斯頓禱告完，就要帶著探險隊員離開，維克坦尼卻不肯離去，他認為自己的親族就在謬卡迪族的村落裡，李文斯頓將維克坦尼自奴隸販子手中救出，又送他去孟買的教會學校裡念書，他卻選擇留在奴隸販子掛勾的部落裡，李文斯頓的失望難以言喻。不過，李文斯頓尊重他的選擇，讓他留下。」

對世界的羈絆，讓維克坦尼從文明世界裡重新回到部落中，就像現在的一些基督徒，在教會裡享盡了神的恩典，甚至是神跡奇事，但在面對患難需要作見證的時候，卻啞口無言，甚至逃避。寶物本是放在瓦器裡，然而在外頭看，也著實看不著什麼。以弗所書四章二十二到二十四節說：「就要脫去你們從前行為上的舊人，這舊人是因私慾的迷惑漸漸變壞的；又要將你們的心志改換一新，並且穿上新人；這新人是照著神的形

像造的,有真理的仁義和聖潔。」離了主,人就不能做什麼,而這領受了恩典的大人,心智變得成熟,就要曉得將時間、精力用在恩典的源頭上,一次一次的跌落是人犯罪後的本相,就是這舊人。保羅對雅典人說:「我們生活、動作、存留,都在乎他。」(使徒行傳十七章二十八節)正是如此,人不能靠自己脫去舊人,自由意志在犯罪之後已經不再自由,八方受到拉扯,對生命未被福音大能改變的人來說,立志行善由不得自己,生命果不再是觸手可得的,生命樹的道路是要尋找而且是窄的,唯有在各樣的心思意念上尋求萬物的主,人這才能穿上新人,得以在真道上存留。耶穌說:「凡不背著自己十字架跟從我的,也不能做我的門徒。」(路加福音十二章四十七節)

「此時,李文斯頓與拿克西土著起了爭執,李文斯頓認為他們的主要任務是照顧家畜,但是他們經常虐待家畜,動輒就給他們背負過重的貨物,夜裡也沒有用茅草覆蓋在家畜身上,以躲避采采蠅的攻擊,甚至開始威脅要離開探險隊,李文斯頓寫道,『由這些拿克西土著的表現,我體會到宗教行為可演變成最大的偽善,他們來自教會學校,會唱詩歌,會大聲禱告,但是私底下對人與動物非常沒有愛心。這種宗教的偽善,反而使別人對他們反感。』」

最樸實最原本的人,同樣也在面臨罪的考驗。與此同時,罪也不同形式的滲透進入。假冒偽善在不明白利益世俗的人心裡,也蠢蠢欲動。開始偽裝,開始建立人自己的巴別塔。

「在馬塔卡的時候,李文斯頓非常驚訝的發現,這部落的人竟敢得罪奴隸販子,釋放別族被捕的土著。李文斯頓寫道,『這是我在非洲所見最美好的一件事,馬塔卡是我在非洲所遇見最好的酋長中的一位。他高興的逢人就說李文斯頓誇獎他,我送給他一個小別針,他說以後看到這別針,就會想起李文斯頓對他釋放奴隸得自由的稱讚。』李文斯頓在這村裡約住了五十天,對他們宣講,『耶穌基督能釋放他們,從罪的權勢中得自由的救恩。』」

得罪奴隸販子,保護自己的族人,被人褒獎為最美好的事情。換句話說,愛在人們的心中,但隱而不現,人們不再去保護正義,不再去做自己本該完成的善,不為小善,獨善其身。

這裡引用若干處張文亮的闡述並加上自己的理解,用來詮釋現在慕道友們和初信主信徒的近況,土著不會有歷史包袱和價值標籤。同時,也就是這樣單純的心靈,如明鏡一般反射出現在我們的福音狀況。

「這比喻乃是這樣:種子就是神的道。那些在路旁的,就是人聽了道,隨後魔鬼來,從他們心裡把道奪去,恐怕他們信了得救。那些在磐石上的,就是人聽道,歡喜領受,但心中沒有根,不過暫時相信,及至遇見試煉就退後了。那落在荊棘裡的,就是人聽了道,走開以後,被今生的思慮、錢財、宴樂擠住了,便結不出成熟的子粒來。那落在好土裡的,就是人聽了

道，持守在誠實善良的心裡，並且忍耐著結實。」（路加福音八章十二到十五節）

同樣的，在當今的教會中，上述土著的近況也屢見不鮮：世界擠住了愛主的心，自我割裂了標竿的旗幟，若是信仰的根基不穩固，就好比建立在沙土上，風吹雨打就會土崩瓦解。傳福音是一項使命，使命不是隨意的面子工程，也不是保質保量的重擔，如何讓福音成為他人的祝福，李文斯頓給出了榜樣。

李文斯頓說：「我現在才體會，一個人真正的不幸，不再他身體遭受多少痛苦，而在他受苦之後，仍然自私，只知道為自己活著，想以受苦來淨化心靈就會把信仰扭曲成一堆令他人沒有胃口的教條與表現，他們稱這種表現為善行，但我告訴他們基督耶穌白白的恩典的時候，他們立刻以自己的受苦與善行，排斥上帝的救恩，甚至顯出厭惡的表情。」

他恨惡上帝所不喜悅的，或者說，盡可能的像基督

「法國文學在當時非常流行，有個前衛的法國詩人在演講的過程中就提到：『海外宣教是一種荒謬的謊言，以西方先進去欺騙愚昧的土著。』而李文斯頓的答辯很精彩，他答道：『海外佈道是幫助土著的心靈，除非你不相信土著有心靈的存在，不然你必須肯定福音對土著心靈的幫助。而且你的論點的前提是認為土著比較愚昧，我認為你這是侮辱土著的尊嚴。自

認為站在文明高階的人，應該走下你的台階，與土著站在相同水準的台階上，看著他們是如何地被西方的經濟扭曲。』」

「當時更有神學家提出：根本不用出去海外宣教，只要經歷長久的時間，福音自然就會逐漸傳出去的。李文斯頓卻提出：『收莊稼是收割者的責任，傳福音是基督徒的責任，不是「時間」與「自然」的責任。』」

小孩不是一個小型的成人，不能用對待大人的方式去對待小孩。同樣的，對待慕道友也是這樣，但是我們往往在面對慕道友的時候，說著人家聽不懂的話，總想要人家快快長大，當人家提出不同的觀點時，嗤之以鼻大叫不可理喻，對待初信者也是這樣：年輕人，聖經哪裡哪裡說過⋯⋯而在這裡，李文斯頓給出一個榜樣，不以自己為高等，反而站在軟弱者的角度，堅持異象，但又不失偏頗的關照，道成肉身，用耶穌待人的方式待人，因而不帶著任何的目標催趕他們，只按著他們的需要餵養他們。小孩生命的成長需要陪伴和愛的堅持，在愛的功課上，善始者實繁克終者蓋寡，因為愛的堅持就是一種受苦。

面對那些領受了教訓還不悔改的人，他選擇去批評，無論是酋長也好，身邊跟隨依舊的僕人也好，一起結盟的探險家也好，都是這樣。苦難是上帝磨煉一個人最好的方式，珍惜且辛勤地去做、去完成神交付給每個人的任務，化妝的祝福不為人知，但是神有自己的定算，不會因為人而改變。

同樣的，面對殖民統治，他說：「政治家的野心，像是一

｜愛靈魂之人的腳步

隻殘暴有力的狗,但是他們永遠要有一條看不見的狗鍊來拴住他們。」面對部落與部落之間的糾葛,甚至可能產生戰爭的矛盾,他說:「以暴制暴,不是我們海外宣教者所應該做的,容易被激動是人性裡的輕浮,太少的信心,太多的世俗,以致缺少依靠上帝的恩典,為短期宣教的好處而激動,反而看不見上帝長期的福祉。」

以神、造物主的眼光看待問題,就不會被世界做蒙蔽,被小事物所絆倒,喜愛神所喜愛的,惡神所惡,神給敬畏祂的人以榮耀與智慧為冠冕。

他以愛,去包容,去勸勉,去關懷,去堅持

對土著的愛

他從來不爭取探險上的第一,那是探險家最大的誘惑,他只是為了傳福音幫助土著走過這裡。一次,遇見了奴隸販子運送奴隸經過,李文斯頓將捕人的工具畫在筆記上,並寫道:「如果我不能終止這種邪惡的行為,非洲的土著根本沒有未來。」他還寫道:「願上帝保守我,能夠找到這一條販賣黑奴的道路。」這是李文斯頓一生的轉折點,他由理念上的反對奴隸制度,進到直接的釋放奴隸的行動。

對他人的愛

在一次演講上,他提到一個年輕人的基本裝備,以純正的

信仰為一生的不變根基、以真理為自己生命的特質、愛你的鄰舍與喜愛周遭的大自然。

他寫信給一位剛結婚的年輕人：「結婚就像夫妻一起去參加一場長途的冒險，會遇到彎彎曲曲的河流，會走過高高低低的道路，但是你與妻子一生要保持直接坦白的關係，不容許有任何彎曲與高低在你們當中，這樣你們就可以一起到天涯海角去探險。」

「我心中最深的禱告是，願上帝豐富的祝福，臨到每一個願意醫治世界創傷的人，無論他們是美國人，英國人，或是土耳其阿拉伯人。」同時他也說道：「當我認識到自己的軟弱，對別人犯錯就會存寬大的心。」

「世人多麼期待上帝的工作是輕而易舉的，或是滿足人的眼目的享受，但是我知道愛的堅持，就是一種受苦。」

對敵人的愛

「李文斯頓開始想，上帝既然可以感動阿拉伯商人信主，過去他一直反對阿拉伯販子，那為何他沒有想過將福音傳給他們呢？」

在每一個仇恨之處，他寬恕，並且帶入赦免；在人與人的猜忌中，他選擇放下武器，彼此信任；在虛謊的牢籠中，他給出承諾，並力所能及的付出；在行為敗壞的地方，他不以自己為強奪，反而進入人群中，了解他們，走向尊榮。

對待敵人，他用平等的愛心，單以愛來說話，且福音的真正目的是要救罪人悔改，對待與自己站在對立面的人，他更多的使用愛。

步行非洲，他靠著異象與盼望

「非洲內陸最大的試煉，不是致命的疾病，不是野獸的襲擊，更非陌生的土著，而是長期的孤獨。孤獨可以腐蝕一顆滿懷理想者的心靈，我執意走向孤獨的窄路，是為了責任，也相信最後必有美好的結果。」

「藥品的損失是致命，每一次遭遇都是我之前沒有遭遇經歷過的，我應該為此憂慮，或是哀哭？凡事臨到必有上帝的美意。上帝的美意不是膚淺的甜蜜，否則遭遇任何不順，都會心裡起疑心，這樣的人如何向周遭的人傳福音呢？上帝！我在這個時候極難認為這是你的美意，但我願意相信你的美意本是如此。」李文斯頓把這兩個土著的錯誤行為歸結於奴隸制度，他寫道：「每個犯罪制度的形成，對其周遭的影響是深遠的，奴隸制度使人喪失榮耀，人若沒有榮耀感，就不易抗拒好東西的誘惑。」

李文斯頓寫下他經過這場風暴世時的感想：「勇敢的人並非與強風直接對抗，而是找到船與強風的平衡角度，過了颶風，你能看到陸地。」

這是他對待患難的另一種眼光，不僅僅是以一種樂觀積極

的角度,而是在他所信靠的上帝那裡,他找到了一種盼望,他不願意去懷疑人,而更願意去相信人心的善良與單純,即使世道彎曲;他將一切以一種自省的方法重新審視一遍,審視從自己出發,然後回到上帝;他用上帝的眼光去觀察,發現事物背後的原因,而不是歸罪於任何一個方面。於是,萬物都是神的安排,他擁有屬天的力量去與這個世界爭戰。

李文斯頓寫道:「我從來沒有聽過這麼絕望的哀哭,但願這哭聲不只在山谷間迴盪,也能傳到普世基督徒的耳中。這些非洲土著沒有盼望,因為人活著沒有上帝,死了就沒有盼望。誰肯來為他們的靈魂守望呢?」「十二月三日,劍橋大學頒發榮譽博士學位給李文斯頓,之後他對滿堂的師生演講:『許多人會尋求如何度過一個有價值的人生,高等教育的重要,就是裝備一個人,使他可以找到一個尊貴的使命。而到黑暗之處,將救贖主的真道告訴他們,是使用使命中最尊貴的使命。成為海外的宣教士就是如此的尊貴,是神聖的呼召,是值得你一生的投入。』」

他說:「我的一生,除了解救人的靈魂之外,沒有第二個選擇。我將全力朝此目標,裝備自己。」「能夠走到底的人,是讓耶穌基督的信仰成為他的生命與性格。福音的資訊與傳福音者的生命特質最有關係。傳福音不是為了完成偉大的使命,也不是為了實踐自己的夢想,更不是為了達成改變他人的功效。真正的傳福音,是以真誠的生命去接觸每一天遇到的人,

去做每一天該做的事。」

他也不斷地,用他自己的例子告訴人們,基督徒的異象是什麼,為了什麼,而異象對於人們究竟有什麼意義?人的空虛,源於沒有生命的盼望,如何找到自己生命的盼望和異象,是每個人必須的功課。

在最後,用祝福去結束

「願我所踏之地成為上帝祝福非洲人的軌跡。」

「不過佈道的負擔依然火熱,我相信這是聖靈的感動,使我們相信腳掌所踏之地未來都是上帝慈愛的擴散之地,傳福音者的腳蹤,將持續向前。」

離家前,李文斯頓為孩子們禱告:「無論你們一生遭遇任何事,願上帝的大能保守你們,使你們成為周遭人一生的祝福。願上帝使你們遠離一切的無聊與虛偽,並成為優秀的人,以助人為樂。當你們為此祈求的時候,願上帝將更多的豐盛賜與你們。」

他教導孩子如何去分別為聖,但同時也教導如何給他人帶去祝福,他用一生去貫徹,成為整個非洲的祝福,地圖上湧流的不僅僅是泉源,也有福音祝福的江河在奔騰。

這是我看到的李文斯頓,同時這也是他身為一個宣教士的榜樣,教導每一個基督徒如何成聖,也教導在這個時代中,福音和傳福音對每個人的意義。

Where there remains love, there remains hope.

The love can see what is invisible to eyes, while the heart can touch what is untouchable to the hands.

基督徒的婚姻
沈著

現在的世界很明顯的不符合神的心意,婚姻同樣也是這樣,人作為受造之物,在始祖墮落之後,人就不能自己地服在罪的權勢之下。罪,在希臘文當中的大意為「未中靶心的」,任何的行為意念在神範圍之外的,都是罪的形象。時代在發展,人們開始注重自己的價值,強調自主權而不是交托,強調理性而懷疑一切,所以不必命中靶心,批判再建立,揚棄地張揚個性,畫一個自己專屬的靶心,萬事大吉大家開心。在各樣的背景之下,律法要隨著時代而改變的,於是開始改憲法,禮教已經淪為腐朽文化,全然擯除不留一絲痕跡。人類自從擁有了能改造自然的能力之後便開始肆無忌憚,人沒有變,只是本性開始顯露罷了。再次拂面的風不再柔和,每個人都在逃離的路上,尋找迷途中的一方魚肚白。冷氣四散,螢火滅沒,反而適應了黑暗,忘記了光明的模樣,找不到那唯一的光亮。

現今世界給基督徒的挑戰

世俗對婚姻的看法與聖經中的差別甚大,而且能看到很多對立和衝突,這不僅是對基督徒個人信仰的考驗,更是當今教

會很大的一個挑戰，遷就融合還是持守真道一點也不放鬆。有多少人歎息起初不是這樣的，而在真理上力挽狂瀾，基督徒的反應往往是遲緩、無所謂、同化、妥協、無可奈何，於是神的兒女們在婚姻的戰場上節節敗退，至終很多教會和牧師都淪落。

這個世界的墮落是很自然的，就如同先前的所多瑪蛾摩拉一般，這個時代的罪是邪惡且危險的，若不是活在神的教導和保護裡。仇敵是可以自由進出的，全世界都伏在那惡者的手下，越到後面仇敵的攻擊越厲害，「你該知道，末世必有危險的日子來到。」（提摩太後書 3：1）而且，聖經給出一個十分生動的比喻：「你們的仇敵魔鬼，如同吼叫的獅子，遍地遊行尋找可吞吃的人」（彼得前書 5：8-9）。任何的一個物體有一點點的破口，水就能漏進去，自以為站立的穩的就要謹慎，免得我們跌倒。所以，千萬不要以為家庭婚姻保守的很好，當抱著警醒的心。

後現代個人主義的出現，開始注重人的自我，興起的一代十分的以自我為中心，舉一個例子，去博物館參觀，現在老師都會問你在這幅畫裡看到了什麼，但是照著以前老師會問作者想表達的是什麼，這個就直接映射到很多教會的讀經分享，很多人會問你的感覺是什麼，很少人會想到深挖神要說什麼。不得不說耶穌批評人的道理是紮心的，正好克制這個時代普遍的剛硬心理。於是教會裡祝福的長輩變多了，揭露作惡的先知

變少了。教會的方向開始偏離，忠心傳揚十字架信息的寥寥無幾，社會活動卻越來越多。保羅說自己不知道別的只知道耶穌並祂釘十字架，我們應當不斷明確，我們的家庭和教會若是沒有十字架根本就無法生存，這是我們每一個教會都要面對的課題。

家庭裡會有各樣的事糾纏著夫妻，很累也不想著溝通，在僅剩不多的表達裡也還是在強調自己的需要，不像新婚時關懷備至，不想說不會說不敢說。隔閡引起各類的問題，傷害來源於各樣的挖苦衝突，甚至於暴力。這些棘手的問題層出不窮，一個個解決不如找到問題的源頭——對於基督化家庭的輕視。丈夫不和我說話怎麼辦，孩子好像開始叛逆了怎麼辦，想這麼多就是不知道回到神的面前，從來不想怎麼將家庭帶到神的旨意裡，缺少一種基督是我家之主的實際，為自己的家人的生命都不焦急，談何講福音傳到地極？

不同於夫妻層面，青少年的啟蒙方面也是我們的前線戰場。性本來是神美好的期許，但是卻被魔鬼所利用，成為放縱的工具，掩耳不聽真道，偏向荒謬的言語，耳朵發癢，「因此，神任憑他們放縱可羞恥的情慾。他們的女人把順性的用處變為逆性的用處。男人也是如此，棄了女人順性的用處，慾火攻心，彼此貪戀，男和男行可羞恥的事，就在自己身上受這妄為當得的報應。」（羅馬書 1：26-27）此言不虛，在歷史上的罪惡之城所多瑪上已經有了警戒，不靠著神，就算是摩西

在世也是不肯聽的。與罪惡沒有完全斷絕的人，鹽柱就是其留戀罪惡的後果，摩押人、亞捫人永世的咒詛由此而生。現在多少父母不放心自己的女兒去外地上大學，每當過節時校外的寄宿服務總是供不應求，殷勤的學長和主動的學姐，抽屜裡的信紙和傍晚的風。為什麼現在的離婚率飛也似的上升？因為現在的人根本就不結婚了，直接就是同居，這在大學生當中簡直是再平常不過的事情。社會上不正常的男女關係，網路的色情氾濫推波助瀾，幾乎每個角落都有擦邊球的生意，同時不正常的性別觀念將社會大方向的性罪惡推向新的高潮。至於今日，同性戀衝擊著現今社會的每一個角落，性別成為了個人能夠由自由意識選擇的外衣。遊行時半裸蓬蓬裙跳舞的壯漢，衍生的性派對，愛被他們賦予了新的意義。沒有了羞恥，何談尊嚴！神用祂的七眼遍查全地，如同當時的所城蛾城。今日以色列的崛起，有很大程度在於他們抓住了屬靈的原則，若是政府國家不按照神的旨意而行，必定會墜落坍塌，而那些謹記訓言的，神的獎賞是百倍的傾倒，歷史的教訓叫以色列怕，也叫他們更加持定自己的腳蹤。經上記著說，「不要自欺，神是輕慢不得的。人種的是什麼，收的也是什麼。」（加拉太書 6：7-8）

彼得說到務要謹守，儆醒。因為你們的仇敵魔鬼，如同吼叫的獅子，遍地遊行，尋找可吞吃的人。他如同空中掌權者，籠罩在這個世界上，蒙蔽欺騙，神的面和神起初造物的本意難尋蹤跡，真理是不為時間和個人立場而改變的，複雜意味摻雜

｜基督徒的婚姻

使假,越簡單的越清晰透徹,此下真理就能顯現出來。若是要探討什麼聖經的說法,不如就從那未有斧鑿的創世之初著手。

創造後的婚姻　亞當與夏娃

「耶和華神吩咐他說:『園中各樣樹上的果子,你可以隨意吃,只是分別善惡樹上的果子,你不可吃,因為你吃的日子必定死。』耶和華神說:『那人獨居不好,我要為他造一個配偶幫助他。』耶和華神用土所造成的野地各樣走獸和空中各樣飛鳥都帶到那人面前,看他叫什麼。那人怎樣叫各樣的活物,那就是牠的名字。那人便給一切牲畜和空中飛鳥、野地走獸都起了名。只是那人沒有遇見配偶幫助他。耶和華神使他沉睡,他就睡了;於是取下他的一條肋骨,又把肉合起來。耶和華神就用那人身上所取的肋骨造成一個女人,領她到那人跟前。那人說:『這是我骨中的骨,肉中的肉,可以稱她為女人,因為她是從男人身上取出來的。』因此,人要離開父母,與妻子連合,二人成為一體。當時夫妻二人赤身露體,並不羞恥。」
(創世紀2:16-25)

創造、墮落、洪水、巴別塔,人類的歷史是如此的簡潔,但是充滿生機。毫無疑問,這一切的生機來自於神話語的創造,當然還有那個藏有奇幻的分別善惡果,甚至於創造世界以先,神已經有了關於人的計畫。聖哉!聖哉!聖哉!主神是昔在、今在、以後永在的全能者。在永恆的國度裡,天使長的反

叛打破了這片祥和，三分之一的天使違抗神的心願，天堂的墮落在神的心裡留下的創傷是無比的。於是，神出於愛的緣故再次動了創造的工，祂親自為了祂所愛的人，創造了一個不再有悲傷和懼怕，完全符合神心意的地方，其中的人也被命定具有神的形象，不像其他的走獸，人裡面有神的氣息和智慧，同時也分派了一些任務，在世上以神的形象管理神的造物，但是人究竟不是神，人是有限制的活物，神界定了要求，但也親自供給亞當，不僅在果子裡放入生命，同時用自己的骨肉創造了另一個自己。世界上的第一首情詩是多麼的美好，女人是從男人身上取下來的，於是男女必定身體心靈結合，不依賴父母並不意味斷絕補給，而是意識到配偶對自己有更高的適配性，在地上也只有他才能補全自己的不足成為完全，工作生活靈命皆是如此。

神創造了配偶，同時也是第一場婚姻的見證者，人渴望愛情，因為人就是從愛而來，人歡喜自己的配偶，因為她就是我自己。神喜悅看到這一切的發生，二人一同來到神的面前，同心合意，是何等的善美。但若是人轉面，轉向配偶，不再看神，白玫瑰也會漸漸地變成了袖口上的飯粘子。婚姻象徵著人人關係，但若是這份特殊關係沒有神在其中，必定是在走下坡路。在基督徒的觀念裡，神人關係高於與任何人的關係，甚至於夫妻。走向神的路，是一生之久的，同時道阻且長，人需要幫助，沒有一個人例外。一人奔跑無力，一人獨居不好，軟弱

常有,而示弱不常有。而配偶,是神所預備的同行人,瞭解彼此的長短,彼此纏繞,相互扶持,勸勉安慰,二人一同行路,一起摘下天國的彼岸花。

　　神的意念,就是造男造女,特意的安排,伊甸的預備,為了愛情的誕生。神預定了一個人,沒有喧嚷的聲音,在一個無風的清晨,不要叫醒愛情,等她情願自發,從那之後,每一次黃昏日出,都有了意義。神賜給人自由意志的同時,就必定要承擔風險,如同夫妻之間。彼此之間沒有秘密的配偶如同清晨的第一束光,時間如萬線間的飛梭般流逝,在迷途萬般無奈中,卻又有破釜沉舟沖雲破霧之勢。信任,是默契的源頭,也是最高等的一種安適。與此同時,人在給予信任的時候,不會想著會有背叛的那一天,期待使得這一層的關係更加親密。

書信中的教誨　真理聖靈的律

　　鐘馬田對五旬節聖靈充滿的論述中,很清晰的提到了關於聖靈之於人的意義。

　　「眾人說他們是被新酒灌滿了,那是因為酒精麻醉了較高等的中樞,使腦較原始的、基本的要素冒上來,失去了分辨判斷的能力,而這個人自以為是在放鬆中得到了刺激。接近獸類的狀態讓人更加放肆,失去了對自己的控制能力。

　　神是賜下喜樂的神,但主恩的滋味不常為人所熟知。世人喜歡呼朋喚友,同歡作樂,若沒有酒精的刺激,人很難開懷

享樂，當然他們是指酒精的麻醉效果。使徒的回答是，不要醉酒，酒能使人放蕩，乃要被聖靈充滿。當用詩章、頌詞、靈歌，彼此對說，口唱心和的讚美主。

這與被聖靈充滿完全相反，因聖靈所作的是靈命的激動。聖靈的功用，祂不只是表面看起來使人興奮，而實際卻愚弄我們。祂刺激我們的心思和智力，也刺激感動人的心。酒精不能打動人心，酒精只是膚淺的、表面的東西，根本沒有觸及人的心，只不過是擊倒了他的控制力。他看起來似乎是從心裏作的，但是第二天他就後悔了，而聖靈卻能感動人心，使它擴大、敞開。祂對人的意志也產生同樣作用。」

鐘馬田提到：「基督徒乃是一個被聖靈刺激的人，他的生活充滿了喜樂，而這種喜樂是聖靈所激發的。沒有任何一個人，或任何一件事，能產生這種喜樂。」我自己就常常有這樣的感受，在學校裡念書不像在家裡那麼放鬆，各式各樣的事務排山倒海般襲來，開始會找個空出去吃東西或者購物，邊感歎這個世界人與人怎麼差別這麼大。回到家鄉的教會碰見同儕的那一刻心裡一瞬間放鬆，有說不完的話，積極投入服侍，享受著在主內交通的滿足和喜樂，然後就又回到學校，過著一個人的生活。常常對自己說到大學是一個人的大學，感謝同時也有主的話不斷的激勵，忍耐到底的就必得勝，人與人之間的意見和立場相左，還有許多的細節都在暗示著人之間的距離感。越是這樣，就越是想念在教會的日子，想到教會的老師所做的一

切和說過的話,如同保羅一言:「你們該效法我,像我效法基督一樣。」(哥林多前書 11:1)想到弟兄姐妹為教會擺上,恒心忍耐,接到他們問安的電話,心裡有說不出的喜樂。也就是這時才體覺這份信仰的寶貴,更為自己從小就認識主感到莫大的榮幸。正如鐘馬田所說:「一個意志力堅強,或有高尚道德的人,或許能控制自己,但他卻無法使自己快樂,但是神所賜出人意外的平安必在基督耶穌裡保守你們的心懷意念。」

聖靈工作的原則,是叫人想起父的話,能夠明白父的旨意,彰顯神榮耀的光輝,不是叫人懼怕而是平安,不是叫人放鬆而是警醒。世上有許許多多多麻煩事情,聖經的解決辦法卻簡單明瞭。「又當存敬畏基督的心,彼此順服。」(以弗所書 5:21)

與人相處並非易事,這世界充滿了紛爭,傾壓,每個人都想作大,每個人都以自我為中心,這是現今世代一切難題和麻煩的主要起因。只有被聖靈充滿的時候,才可能存敬畏神的心彼此順服。就此延伸到一種特定的關係──夫妻關係。

只有當夫妻都被聖靈充滿時,他們才會對於丈夫的角色,妻子的角色,以及夫妻之間的關係有一個正確的認識。這是避免吵架分歧最好的方式。人一旦被聖靈充滿,受聖靈管理,就明白自己的惡,就能「在我們主救主耶穌基督的恩典和知識上有長進」,和睦才可能臨到。人內裡有聖靈所賜的生命,由內而外發出屬天的智慧,叫人省思,用更廣闊的眼光,更長遠的

時間、空間、廣度去理解眼前的事情，用和平的行為和溫良柔順的話語撫平一切的褶皺，活出神國度的生命。

基本原則

基督信仰是在於生活的方方面面的，沒有一件事是在信仰之外的。基督徒不論面對什麼問題，有一貫的解決方法，基督本身就給出了最好的示範。魔鬼試探耶穌，是想利用耶穌的人性，身體的欲望、世界的榮耀和對神話語的懷疑，然而基督耶穌回復撒旦直白三句神的話語。這同時也是每一個基督徒行事的方式，凡事出於聖經的原則，人總會帶有自己的立場態度，但在神沒有改變，也沒有轉動的影兒，祂用真道生了我們，叫我們在祂裡面好像初熟的果子。面對婚姻的問題也是如此，若離開基督的教導，世界的道理紛繁，卻不見多少在長久時間下還能存留。

最後有關於婚姻的原則，任何的相遇都是神在中間的安排，人會有自己的計畫，但是在神的尺度上都是已知參數，每個人都是上帝寫下的一本生命的書，讓各樣事情最終的結局照著他自己的旨意成就，叫蒙揀選的兒女領受上帝各樣美善的安排。同樣的，若不照著神的方式，不瞭解神的原則，這個故事必定是曲折且無法意料的，瞭解基督和教會的關係，我們能借此更好的建立婚姻。

鐘馬田點出了婚姻的最基本的原則：「你們和不信的原不

相配,不要同負一軛。義和不義有什麼相交呢?光明和黑暗有什麼相通呢?」(哥林多後書6:14)

「此訓誨是對婚姻基本組成的要求,基督徒欣賞世界的方式和任何的非基督徒有著天壤之別,也只有基督徒能夠真正的享受神給人類創造的瞬息萬物。他們開眼看的每一秒都是新的,不單單看到自然本身,且看到偉大的造物主和他昔在今在的奇妙變幻,對於生活的理解,恩賜的運用,甚至於未來的盼望有著豐盛的滿足,而這一切都是信仰帶來的功用。若不願意相信,也就不可能進入神所安排的美好境地,也不可能瞭解基督徒的婚姻觀。所以這種的缺失必然導致合一性的缺失,一個人有的東西另外一個人沒有,這就已經種下了混亂的種子,又何談一個美善的婚姻。」

順服的功課——妻子

關於婚姻有過太多的戰爭,太多是是非非的言談,辯論式的講求正反方的利弊,但是在教會裡我們面對的是神話語的權柄。我們不是要表達自己的意見,乃是要明白神話語的教訓。聖經有關教會本質最富含義的教訓,在以弗所書五章裡,首先就是保羅給妻子的勸勉,他將妻子放在丈夫前面,可見順服對於基督教家庭的重要性。「又當存敬畏基督的心,彼此順服。你們做妻子的,當順服自己的丈夫,如同順服主。因為丈夫是妻子的頭,如同基督是教會的頭;他又是教會全體的救主。教

會怎樣順服基督,妻子也要怎樣凡事順服丈夫。」(以弗所書 5：21-24)

完全的順服

「順服是每一個基督徒的責任,正如我們都有責任彼此順服。在家庭的事上,首先是『你們作妻子的當順服自己的丈夫,如同順服主。』我們必須要提出動機,基督徒對於主是一種完全的順服,我們是耶穌基督的僕人,並不是妻子要做丈夫的僕人,對丈夫的順服,是對主的順服的一部份。換句話說,這不是單單為丈夫這樣作,主要是為了主而作。「所以,你們或吃或喝,無論作什麼,都要榮耀神而行。」(哥林多前書 10：31)這是一個極好的機會向世界顯示基督徒的與眾不同,這提醒每一個基督徒妻子:這是顯示自己生命見證的大好良機,你不再那樣堅持自己的權利,那樣自高自大以致於陷於混亂。當他人問你如何可以這樣,你不會回答我性格很好,而是感謝主的恩典。每一個基督徒向外的表現其實都是神所預備的福音機會。之前講到基督信仰是顯明在生活的每一個細節上的,作妻子的可以藉著順服丈夫,顯明基督徒生命的不同。我們除非被這個最大的動機所催促、激動,其它一切的呼召都無法說動我們。」

神造物的安排

「不得不說婚姻的關係裡隱藏著基督和教會的奧秘,且包含在神創世的計畫裡。這裡的前提是女生是從男人而出,且是以一種幫助者的身份出現。男人是最先被造的,擁有治理動物的權柄。這表示神把男人放在領導的地位,將主權、權柄和力量給予他們。同樣的聖經暗示了另一條原則,他告訴作丈夫的要敬重他們的妻子,因『她是軟弱的器皿』(彼得前書3:7)。在生理和心理上,男人都有自己的優勢,她是用不同方式造的,她是因為男人在地上沒有安慰和幫助所以受造,因此他有責任尊敬、看重、保護、顧惜她,同樣的,這裡也暗示著一條婚姻的道理:越是看重妻子的家庭就越是蒙上帝的祝福,因為這本就是神起初的安排。男人有很多不足,她可以填補,所以神要兩人『成為一體』。女人被造就是為幫助男人實現神造他的意義。

『你必戀慕你丈夫,你丈夫必管轄你。』(創世記3:16下),神明明的啟示了墮落之後的規則,聽從撒旦的欺騙,屈服於試探,此後不僅僅是生產的痛苦,更多的是心靈的朝向。墮落並沒有改變什麼夫妻之間理當的相處方式,女人的戀慕和男人的管轄是墮落時添加的,這並不是重新賦予男人的主權,因他的領導權在墮落之前神就已經設立了。人還在樂園的時候是完全的,沒有罪,沒有缺點,這是神最初造人的光景。她未

徵詢亞當的意見,自行作決定,把自己放在領導的地位。不但她自己墮落,也把亞當牽累進去,甚至整個人類亦因此墮落。從某方面來看,原罪是起因於女人未明白她在婚姻關係中的地位和立場。」

神兒子的順服

「任何的合作都需要牽頭,正如婚姻一般,耶穌基督親自來到世界教導我們順服的功課。神是基督的頭,聖父,聖子,聖靈是彼此平等的。聖父怎麼又是基督的頭呢?為了救贖的計劃,聖子甘願居於父神之下,聖靈甘願居於父和子之下。這是一種自願的行動,好叫救贖大工能順利完成。聖子說,我在這兒,請差遣,我甘願如此走下平等的地位,成為父神的僕人,讓父差遣。這個奇妙的教訓使我們對婚姻有一個正確的觀念。」

這也就是順服的功用所在,總是會聽見什麼學生孩子反抗老師父母,這也就是這個教訓的重要性。家庭是第一個也是最好用來培養順服的場所,權柄有來自父母、政府、老師,不服於權柄自然就是順服於自己。在臺灣念書的我,被很多人針對過,問為什麼我不把時間用來發表我對政治或國際問題的意見?我當然相信我認真準備不會失利於任何一個同學,不過我也看到,因今日世界許多問題的產生,大多在於權柄的問題。世局的混亂肇因於人們失去了對權柄的尊重,不論這權柄是在

| 基督徒的婚姻

國家與國家之中,或在工作地點,或在家,或在學校,或在任何地方。權柄失喪了!將這些表現進行微元化便會得知,這是家庭的缺口帶來的。任何的家庭問題其實都離不開這裡,家庭凝聚力的來源不再被人重視,少年缺乏管教,他們在衝突中猶豫,在徬徨的氣氛中成長,父母彼此為敵,孩子們稚嫩的心靈不斷受到戕害。他們對自己的父母親,甚至對任何人,都失去了敬重。這一切雖然很多人已經意料到了,但是他們卻無法做到,各種社會的輔導機構相應而生。回到開頭的話,我們必須明白這一切的源頭在於主,否則人沒有任何的盼望,回到神那裡,回到基督那裡,神話語中完美的啟示,女人在一旁的幫助,補足他的不足,兩人彼此相愛,互相尊重,卻從不混淆二人的範圍。願神恩待我們,明白這教訓並且甘心順服,好叫榮耀歸給主。

身子的比喻——丈夫

「因丈夫是妻子的頭,如同基督是教會的頭,祂又是教會全體的救主。」這節經文告訴我們神對於婚姻的啟示,丈夫在婚姻中就好像基督之於教會。祂看護、保守,他是萬有的創造和持守者。救主不也是看守教會、保護教會的嗎?「丈夫也當照樣愛妻子,如同愛自己的身子;愛妻子便是愛自己了。從來沒有人恨惡自己的身子,總是保養顧惜,正像基督待教會一樣。」(以弗所書 5:28-29)。

基督徒的婚姻觀裡最基本的一點就是有關整全的觀念。我們在創世記第二章就看見了「遇見配偶幫助他」。這個助手是從亞當出來的，是他的一部份，是與他相輔相成的兩個個體構成的一個完整體。妻子與丈夫不是分開的，他們不是兩個各自為政的國度，時常彼此對立、紛爭。

痙攣的肢體

「妻子不應該獨立行動，否則肢體就如同痙攣一般不聽使喚，這樣必產生混亂；妻子不應該在丈夫之前行動，這個教訓指出他是頭，有最終的主動權，這好比一個人患了中風，他想要行動，但他的四肢已經癱瘓。這幾點在婚姻中是非常重要的，由於人們不明白這些，以致於我們四周處處可見破裂的婚姻。獨立，搶在前面行動，不採取行動，延遲，拒絕，這一切都是因人們無法明白基督徒的婚姻觀而造成的次生後果。

主動權和領導權應該是屬於丈夫的，但行動則是互相協調的。此處沒有暗示任何卑微的成份。妻子並不是低於丈夫，她只是不同於丈夫。她有自己特殊的地位，這地位是滿有榮耀和尊嚴的。在丈夫方面的奧秘在於，不是自己追求尊榮，保羅只提醒要愛護、尊重妻子。這就如同頭可以按照自己的意思轉動，但是，只有尊重身體，彼此協調，才能有所成就，戴上冠冕。再舉個簡單的例子，在軍閥國家，軍隊可以主導一個國家幾乎所有的大事，但是，國家要想蒸蒸日上，就需要總統帶領

| 基督徒的婚姻

的內閣一起商議討論，在這樣的合作下，軍事上的成就也不會單單是軍隊的，而是屬於整個國家的。可見，丈夫的尊榮很大層面是從妻子來的，丈夫不是自己爭搶屬於自己的榮耀，而是明白愛自己的身體就是愛了自己，這榮耀是靠著尊榮妻子，彼此相愛得來的，神會在其中做加倍的工作，這是關於丈夫得榮耀的環流。」

愛的本意

「不過，也並不是凡事都要順服，聖經有一個基本的規則，即任何人都不應該行事違反自己的良心。丈夫無權堅持妻子作違反良心的事。『但命令的總歸就是愛；這愛是從清潔的心和無虧的良心，無偽的信心生出來的。』（提摩太前書：5）請不要將良心和意見混淆，作妻子的可以發表自己的意見，但是她若看見丈夫心意已定，就應該讓他作主。不逾越自己的良心，但也不可以允許丈夫使她犯罪，如果丈夫要她犯罪，她必須說不！妻子順服丈夫時，不可以允許他妨礙她與神和主耶穌基督的關係，但在這個範圍之內她應該凡事順服丈夫。」

在一個家庭裡首先就是需要丈夫明白舍己的功課，就如同妻子的順服一般。任何的婚姻在某一方面來說都是滾雪球，要麼是積累祝福，要麼就是積累仇恨。所以，丈夫也要去體諒妻子的心意，二人彼此順服，存著敬畏的心彼此服侍，如同服侍

主。愛的能力來自於神，愛的心願來自於我們。丈夫要把握好家庭的方向，在時代裡警覺，存著敬畏神的心，靠著聖靈敬虔度日，凡事以主為行事的中心。

離婚的本意

「二人締約，神的話成就，但若是丈夫離開神，背棄妻子，偏離了神的真理，作妻子的就不再有必要凡事順服他。當然聖經並未要求她如此作，並未將此當作一個命令。回到聖經當中，若為淫亂的緣故可以休妻，其實不是可以離婚，而是摩西當時的以色列人太過於罪惡，神任憑他們。『摩西因為你們的心硬，所以許你們休妻，但起初並不是這樣。』（馬太福音19：8）神讓我們由此知道神痛恨離婚。除非淫亂的一方硬要離去，你再怎麼忍耐，再怎麼愛他，再怎麼寬容、饒恕、挽救他，仍沒有辦法，那就讓他去。神召我們原是要我們和睦。只有一個理由：就是對方執意要離開，我們不是主動的去離婚，若是對方不願意離開，對方知道錯了，願意改過了，倘如可以，包容，饒恕，接納，挽回，遮蓋，會讓這個盟約更加的堅固。」

神對先知何西阿所說的話啟示人他對自己子民的心意，就是像在婚姻中因妻子背叛而受到傷害的丈夫一樣，他願意去包容、饒恕、接納、挽回和遮蓋她：「耶和華對我說：『你再去愛一個淫婦，就是她情人所愛的；好像以色列人，雖然偏向

別神,喜愛葡萄餅,耶和華還是愛他們。』」(何西阿書 3：1)。我們看到神的心意,讓我們知道怎樣對待婚姻不忠的那一方。除非對方硬著心要離去。如果對方不是硬著心要離開,我們是不提倡離婚。因為婚姻是在神面前的立約,不應當隨著自己的心意任意處理,抓著理由就大吵大鬧。愛的盟約是為了更好的保護彼此,彼此約定好,在傷痛面前我們更多的選擇去愛而不是深究。

真愛的意涵

「你們作丈夫的,要愛你們的妻子。」論到作丈夫的,首要之務就是愛。妻子要順服,丈夫要愛,這才是婚姻關係的根基,今日我們許多的問題都是起因於只強調一方,而付出另一方的福祉作代價。我們必須記住,權力要受愛的約束,被愛所制衡,這是一種愛的權力,權力應該被愛冠名。這樣的權力才有意義,除非一個作丈夫的真正愛他的妻子,否則他無權說他是妻子的頭。

同樣的,在教會、在世界也是如此,我們總是有官長,我們也總會在一個團隊裡,我們也會有自己的小孩,我們也要時常操練自己,學像元首基督的方式,若是管教不是出於愛,就會帶出很多人意的成分。

這個時代最顯著的特徵在於其變化之快,於是人也都變得急急躁躁的,急著表達和證明自己,從來沒有一個時代這麼喜

愛談論愛，也從來沒有一個時代像現在這樣缺乏愛，愛這個字被用得太厲害以至於很多人已經不知道它原本的意思，文章整理到聖經希臘文所用的「愛」，有三個含義可以譯成我們今日的「愛」，而每一個愛都在今日有不同的指向。

三者中有一個是「eros」，形容那種完全屬肉體的，當然這也是一種愛，但它是肉體的愛，是慾望，是屬情慾的。這種愛的特色即是自私，它屬於人裡面獸性的部份。世人以羅曼史為榮，但對於各種對家庭的傷害卻隻字不提。他們只說這個男人和他的女友中間滋生了奇妙的愛情，卻不提他們各自破壞了婚姻的誓言，褻瀆了神聖的儀式，並冠以愛情之名。多少的書籍和藝術品高歌這類的事情，實際上是給自己的放縱正名。這中間只有自私，屬肉體屬情慾的愛，現今世界所歌頌的正是這一類的愛。

至於新約中譯成「愛」的另外一個是「philia」，真正的意思是「喜歡」。感到熱情，不斷的想起，如同鼓手聽到音樂無法停止振動的雙腿，如同清晨的咖啡喚起一切的注意力。這些的描述都很青春，就像很多人將初戀區別於之後的戀愛，並且置於特殊的地位，因為這些很像是孩童會有的思想。第一次接觸，驚嘆，回味，嘗試，小有成就，不斷精進，得到了一些認可，在他人的目光中綻放。每一個人，都至少會在人生的一個領域經歷這個過程，可能是在某一項技能裡，某一段關係中，開始找到對自己的認同感。從青少年到成年的過程中，這

| 基督徒的婚姻

樣的過程不斷的重複，認同感帶來的多巴胺是豐富的，因為每一次反饋都意味著無數背後的付出，長期的堅持在一瞬爆發出來，就這一瞬間，驅動著人們辛勞。安迪·沃霍爾有句名言驅動美國的黃金時代，無數的蓋茨比前僕後繼：每個人都有屬於自己的十五分鐘。但是擁有這十五分鐘的人，他之後的目標一定是再去擁有下一個十五分鐘，而當他得到他之後許許多多的十五分鐘之後，他也一定會意識到，有些人出生以來，就是他人眼中閃耀著的十五分鐘主角。人生不斷向上，有人卻早已在山頂，讓你付出一切上頭的，他人卻不屑一顧。所羅門在世時，神所賜地上一切美好的給他，他留下一句箴言，道盡人奮鬥一生的結局：「傳道者說：虛空的虛空。虛空的虛空，一切都是虛空。人的一切勞碌，就是他在日光之下的勞碌，對自己有什麼益處呢？一代過去，一代又來，地卻永遠長存。」（傳道書1：2-4）「我所見為善為美的，就是人在神賜他一生的日子吃喝，享受日光之下勞碌得來的好處，因為這是他的份。神賜人資財豐富，使他能以吃用，能取自己的份，在他勞碌中喜樂，這乃是神的恩賜。他不多思念自己一生的年日，因為神應他的心使他喜樂。」（傳道書5：18-20）可見，天下智人愚拙人有何區別！不過都要如風逝去。得到天下追捧的喜樂，固然不錯，但是這喜樂不過是日光勞碌的調味劑，終久世間勞碌毫無意義，人一生的日子，經過了就如影子，影子有什麼用處嗎？只是晃蕩在一個人的腦海裡。

很明顯，這樣三個成本的愛在一定比例上支撐了我們的情感，我們也無法分離，「肉體」的成份也包括在愛裡面。神創世給人預備的一切裡，性也是其中之一。肉體本身並沒有錯。談到第二種愛，有時人與人之間的區別有的時候比人和動物之間還要大，有自己的性格和喜好，若是婚姻無關喜好也很難走的很遠，頭兩種類型的愛也都是神創造的，我們不能總是把性當作邪惡的東西。神創造每個人都有自己的光彩，若是覺得一個人對我有一種特殊的吸引力，而且這種感覺是相互的，請不要把這種感覺放到一邊，一般我們把這稱之為墜入愛河。在婚姻關係中，夫妻彼此喜歡對方是非常重要的。如果只是肉體上互相吸引，這種關係很快就會破裂，因為他們中間沒有什麼持久的東西存在。夫妻有共同的喜好，興趣，被同樣的東西吸引，這能很好的搭建彼此之間的情感。第三種「愛」則有更崇高的意境，這個字在聖經中常常被用來表達神對我們的愛。「神愛世人」──這裏的愛是「Agape」，也就是聖經裡提到的愛。從這層意義上看，就是要像神愛人那樣愛妻子，這不是肉體的感覺，也不僅僅是喜歡，乃是像神那樣的完全。這是丈夫應該向妻子顯露的。

但是也存在有些人結婚時並不認識主，他們的婚姻只包括了肉體和喜歡的成份，不過大多基督徒也是從這裡開頭的。神創世如此豐富，叫人眼目歡喜心裡喜悅，若是不能在屬靈生命的事上有所造就，其實就如同草木禾秸，若是來自撒旦屬靈

的試探，幾多的喜歡能勝過，並且保持在不斷磨礪的夫妻關係中持守。若是你已成了基督徒，更高的成份會提升了前兩種成份，讓神創造的肉體心靈享受在聖潔榮耀中，並且在永恆的約裡更深建立。沒有這些，快樂而成功的婚姻依然存在，我們為此要感謝神。但是也不要忘記，在世界上不斷有罪的試探，叫我們離開約定，看重自己的需求，但是從神而來的愛卻是違背人性的，我們無法靠著共同的喜好勝過罪惡人性的試探。起初婚姻的設立是為了要啟示神愛我們的方式，也讓我們在其中學習。「愛是恆久忍耐，又有恩慈；愛是不嫉妒；愛是不自誇，不張狂，不做害羞的事，不求自己的益處，不輕易發怒，不計算人的惡，不喜歡不義，只喜歡真理；凡事包容，凡事相信，凡事盼望，凡事忍耐。」（哥林多前書 10：4-7）這裡的愛很明顯的是我們提到的第三種愛，在人天然的愛之上的，還有這種真愛，是神的愛。來自神的愛不只是帶領我們體驗屬靈的事，更多還能結出屬靈的果子，你若被聖靈充滿，就會被聖靈的果子充滿，「聖靈所結的果子，就是仁愛、喜樂、和平、忍耐、恩慈、良善、信實、溫柔、節制。這樣的事沒有律法禁止。」（加 5：22-23）

聖經的例子

基督徒如何認識屬於神旨意的婚姻，此處以波阿斯和路得為例子。

這是一個事業有成的人:「是個大財主」;這是一個勤勞能幹且平易近人的人:「你與波阿斯的使女常在一處,波阿斯不是我們的親族嗎?他今夜在場上簸大麥。」「波阿斯正從伯利恆來,對收割的人說:願耶和華與你們同在!他們回答說:『願耶和華賜福與你!』」這是一個品德高尚的人:「波阿斯吩咐僕人說:『她就是在捆中拾取麥穗,也可以容她,不可羞辱她;並要從捆裡抽出些來,留在地下任她拾取,不可叱嚇她。』」這是一個有原則的人:「『你今夜在這裡住宿,明早他若肯為你盡親屬的本分,就由他吧!倘若不肯,我指著永生的耶和華起誓,我必為你盡了本分,你只管躺到天亮。』路得便在他腳下躺到天快亮,人彼此不能辨認的時候就起來了。波阿斯說:『不可使人知道有女子到場上來。』」;同時這也是一個智慧的人,「波阿斯說:『你從拿俄米手中買這地的時候,也當娶死人的妻摩押女子路得,使死人在產業上存留他的名。』」

寥寥幾節經文已經使得這個人物形象十分立體。他在與人交際當中看得見平衡,與僕人相處當中看得見友愛平等而非驕傲自大,與路得相處的時候能看見他的善良和同理而非冷漠無視,與親戚相處的時候看得見謀略膽識而非胡亂衝動。在情感上也是異常的出眾,路得為年輕的外邦女子,按理在外貌上已有一定的優勢,但是波哈斯不為外在所驅動,放肆情欲,乃是看見神的標準:「女兒啊,願你蒙耶和華賜福。你末後的恩比

|基督徒的婚姻　　89

先前更大；因為少年人無論貧富，你都沒有跟從。」他看重路得的品格，孝順、賢能、勤勞、有擔當。而最重要的在於，波阿斯名字的意思為能力在於神。波阿斯沒有好的家庭，為妓女喇合的後代，同時年紀也老大不小，但是，他卻成為聖經中典型的丈夫形象廣為流傳。

同樣的，路得也是如此。身出十代也不能入耶和華會的摩押，但卻成為大衛的祖母，與耶穌基督的家譜有份。她有情有義，對丈夫長輩有愛的孝順，面對婆婆的勸離、嫂子的離別還有現實的考驗，她不僅是忠心，反而道出這終生跟隨神的信仰宣言：「不要催我回去不跟隨你。你往哪裡去，我也往那裡去；你在哪裡住宿，我也在那裡住宿；你的國就是我的國，你的神就是我的神。你在哪裡死，我也在那裡死，也葬在那裡。除非死能使你我相離！不然，願耶和華重重地降罰與我。」（路得記1：16-17）。路得一言極是，這裡看到的不僅僅是路得對這個基督徒家庭的追隨，更是看到路得被神所吸引，放下人生道路的主權，用生命追隨神。但這不是對一個人的完全順服，乃是要明白在婚姻背後的神的旨意。路得宣告自己生命的追隨，同時順服於自己的家庭，不是尋求貧富貴賤外貌協會，而是看見合神心意的人主動出擊，有選擇上的智慧。於是在眾長老的祝福下，在耶和華的賜福中成為後代的佳話。

這同樣也適用於現代的基督徒婚姻。從我們自身看，我們和對方是否成熟，是否有擔當和責任，有智慧去權衡家庭的得

失；從神的角度看，是否敬畏神，此人是自己的喜好還是神的安排，是不是以聖潔尊榮為前提。從神而來的愛不是由自己的意志來挑選的，不是一味的浪漫，人是喜新厭舊的。耶穌為門徒洗腳，他定意要來愛人，正如神為人預備超乎所求所想的祝福。從配偶的角度看，考慮磨合的因素，能接納包容到什麼層次，能忍耐和接受不和到什麼層次，瞭解感情是建立在一二三哪份愛上，瞭解走向婚姻的理由。婚姻是要經歷很多意料之外的考驗的，而這個考驗在此後的每時刻隨事隨在，如何同甘共苦的，經歷考驗和失敗，就能看出一個人的愛，同時風浪能讓愛情更真實更細膩。還有很多的標準，會去聚會的人看重神，會奉獻的人會理財，幫助別人的人有愛心，生活上品德上有見證的，工作上有責任心的，有遠大異象的，有屬靈負擔的，有很多這些的準則去反應一個人的性格和心之所向，但是這裡回到前提，人人關係是見證和體現，神人關係才是核心。

箴言三十一章十到三十一節

「利慕伊勒王的言語，是他母親教訓他的真言。我的兒啊，我腹中生的兒啊，我許願得的兒啊！我當怎樣教訓你呢？不要將你的精力給婦女；也不要有敗壞君王的行為。利慕伊勒啊，君王喝酒，君王喝酒不相宜；王子說濃酒在那裡也不相宜；恐怕喝了就忘記律例，顛倒一切困苦人的是非。可以把濃酒給將亡的人喝，把清酒給苦心的人喝，讓他喝了，就忘記

他的貧窮,不再記念他的苦楚。你當為啞巴(或作:不能自辯的)開口,為一切孤獨的伸冤。你當開口按公義判斷,為困苦和窮乏的辨屈。

才德的婦人誰能得著呢?她的價值遠勝過珍珠。她丈夫心裡倚靠她,必不缺少利益;她一生使丈夫有益無損。她尋找羊絨和麻,甘心用手做工。她好像商船從遠方運糧來,未到黎明她就起來,把食物分給家中的人,將當做的工分派給婢女。她想得田地就買來;用手所得之利栽種葡萄園。她以能力束腰,使膀臂有力。她覺得所經營的有利;她的燈終夜不滅。她手拿撚線竿,手把紡線車。她張手周濟困苦人,伸手幫補窮乏人。她不因下雪為家裡的人擔心,因為全家都穿著朱紅衣服。她為自己製作繡花毯子;她的衣服是細麻和紫色布做的。她丈夫在城門口與本地的長老同坐,為眾人所認識。她做細麻布衣裳出賣,又將腰帶賣與商家。能力和威儀是她的衣服;她想到日後的景況就喜笑。她開口就發智慧;她舌上有仁慈的法則。她觀察家務,並不吃閒飯。她的兒女起來,稱她有福;她的丈夫也稱讚她,說:『才德的女子很多,惟獨你超過一切。艷麗是虛假的,美容是虛浮的;惟敬畏耶和華的婦女必得稱讚。願她享受操作所得的;願她的工作在城門口榮耀她。』」

人的情愫是細絲一般的,但人與人之間怎麼這麼容易分離。有時話解釋到一半,就差手腳並用比劃只為謀求個簡單贊同,抬頭看見那幾個人緊縮眉頭疑惑著準備隨時反擊我的模

樣，忽然覺得心累，手一攤選擇沉默。也是，人與人之間的差異太大，求同存異太難，茫茫人海能有一兩個肯定或瞭解的眼神，便是溫柔的眷顧。我還未過二十，看著眼前的一切，想著是要為自己的婚姻好好禱告，是因為，有關於愛情的歌，是歌中的雅歌。

西湖夜・白堤
——寫給弟弟的詩

恩歌

入夜的西湖，
微風吹來花香。
走在白堤上，
心裏是舒服的感覺。

看著你的背影，
就像時間從未流逝，
你還是從前你五歲時，
一聲聲喚我「姐姐」的
那個小男孩。

我們已經認識這麼多年了，
謝謝你來到我的生命中
和我一起長大。
那些點點滴滴的美好，
一直就在我的心裏。

突然感動，
突然想落淚，
突然歡喜，
突然不捨。

愛是奧秘，
牽動你所有最深的情感。
然而，能去愛與被愛，
是何等有福。

世界非我家，我家在天上
恩歌

這世界本不配有的人，是配得那世界的人。「亞伯拉罕因著信，蒙召的時候就遵命出去，往將來要得為業的地方去；出去的時候，還不知往哪裡去。他因著信，就在所應許之地作客，好像在異地居住帳棚，與那同蒙一個應許的以撒、雅各一樣。因為他等候那座有根基的城，就是神所經營所建造的。因著信，連撒拉自己，雖然過了生育的歲數，還能懷孕，因她以為那應許她的是可信的。所以從一個彷彿已死的人就生出子孫，如同天上的星那樣眾多，海邊的沙那樣無數。這些人都是存著信心死的，並沒有得著所應許的；卻從遠處望見，且歡喜迎接，又承認自己在世上是客旅，是寄居的。說這樣話的人是表明自己要找一個家鄉。他們若想念所離開的家鄉，還有可以回去的機會。他們卻羨慕一個更美的家鄉，就是在天上的。所以神被稱為他們的神，並不以為恥，因為祂已經給他們預備了一座城。（來 11：8-16）」

李文斯頓一生，正如他對一位剛結婚的年輕人所說，是與妻子瑪麗一起去參加一場長途的冒險。他們遇到彎彎曲曲的河流，走過高高低低的道路，但是他與妻子一生保持著直接坦白

的關係,不容許任何彎曲與高低在他們當中。於是,他們可以一起到他們的天涯海角──非洲去探險。

一八四四年,在與瑪麗訂婚後,李文斯頓回到非洲後在寫給未婚妻瑪麗的信中說:「願我的一生,靠著上帝的恩惠與能力,使你對我的婚姻誓言,永不後悔。」靠著上帝的恩典和大能,李文斯頓待妻子始終如一,一生與妻子保持直接坦白的關係,他持守住了對妻子的婚姻誓言。

在他們一生的婚姻生活中,曾經數次不得不分開,當妻子瑪麗帶著四個孩子搭船離開好望角,返回英國後。李文斯頓給妻子寫信,在信中傾訴他對妻子的想念:

> 親愛的瑪麗,我多麼的想念你與孩子們,過去許多美好的影像縈繞在我的腦海,你的溫柔與體貼是我人生最大的祝福,使我每個思念充滿甜蜜。過去,多少個烈日下幾乎被烤焦的日子,我依然笑得出來,是因為回家一開門,就可以看到你微笑的臉。我相信,我們還會再見面,如同在瑪波塔撒的日子。我發現真正的愛,會除去所有不好的雜質。我並不是一個容易表達感情的人,但是與你生活的日子愈久,愈發現愛可以更深更遠。

李文斯頓在信中說:瑪麗是上帝給自己人生最大的祝福。不容易表達感情的李文斯頓說出對妻子的深情:「我發現真正

的愛，會除去所有不好的雜質。」「與你生活的日子愈久，愈發現愛可以更深更遠。」李文斯頓在親身經歷中，真實體會到真正的愛所具有的力量。

隨著結婚後同行的日子愈久，李文斯頓對妻子的愛日益愈深，他在離開羅安達前寫信給妻子說：「你是我一生的至愛。」信中寫道：

> 啊！何等盼望與你就在此刻相見，你可以再讀我在瑪波塔撒給你的信，那真是甜蜜的時刻，直到今天，我仍深深地沉浸在結婚之愛的餘波蕩漾中。也許我無法表達在分別之時所有的感情，孤獨之時，我經常喃喃自語，你是我的至愛。見面的日子，你會發現愛的加添，謝謝你照顧我們的孩子，請為我親親他們，告訴他們，父親沒有辦法立刻回來，是因著耶穌的愛。當我們對主耶穌盡職時，我們一定會有再見面的時候。

極喜歡李文斯頓在信末寫給妻子的那句話：「當我們對主耶穌盡職時，我們一定會有再見面的時候。」李文斯頓與妻子的愛，沒有因為分離而減少，反而加添，這是因著耶穌的愛已經將他們的心永遠聯結在了一起。

瑪麗在病危前，寫給丈夫幾封紙箋：

雖然我們沒有錢；卻毫無保留的，祇想將我們的生命獻給非洲。

再多的錢，也換不來這種自由。

不要以沒給妻子一個安定的家而憂傷，祇要有你在的地方，就是我的家。

在因病離開世界前，瑪麗留給丈夫最後的勸勉是：「親愛的，不要像我以前看過的一些人，還沒有死以前，已經像一個墓碑一樣裹足不前。我祇有一個期望──你要像以前一樣，一直往前去。」李文斯頓將妻子安葬在修寵加的尚比西河畔，墳上種上一株非洲麵包樹。正如《深入非洲三萬里──李文斯頓傳》的作者張文亮所說：「上帝一定非常喜愛非洲人，給他們這麼好的海外宣教士夫婦。」

瑪麗的媽媽在知道女兒離開世界時對李文斯頓說：「人生的每一場風暴總是帶著上帝的恩典，我的孩子瑪麗經過許多的風暴，但是她一直在上帝的恩典中。她嫁給一個可靠的丈夫，她在丈夫的懷裡呼出了最後一口氣。現在，我所親愛的李文斯頓，為了非洲的苦難大地，為著非洲人生命的真光，為著瑪麗最後的勸勉，再向非洲邁進吧！前面還有一大片未知的曠野，一大批從未聽過福音的人。每一次的服事，每一次的傳講都是新的，願那愛我們的父神，安慰你的憂傷。」是的，瑪麗的一生是幸福的，正如她的媽媽所看見的那樣，瑪麗「一直在上帝

的恩典中。上帝讓她嫁給一個可靠的丈夫，上帝讓他們有共同的異象和使命，上帝讓他們無論在哪裡，心都在一起，上帝讓她在丈夫的懷裡呼出了最後一口氣。」而且，瑪麗深知她與丈夫在短暫的分離後，將在那個「更美的家鄉」相見，永遠在一起，永遠不再分開。

那個「更美的家鄉」，正是耶穌所說的「我父的家裡」，是那永遠長存的家。

宋尚節曾在他的日記中記下了廈門懷仁學校的女學生陳文醒的生命經歷：「一九三四年我在廈門領會時，朋友強迫她去聽道，聖靈作工，她重生了。她父母在南洋拜佛。一九三五年她患盲腸炎劇痛時，主告訴她，她將回天家。她對醫生說：『不要給我注射了，因我要離世歸主。』她去世前，勸同學要堅信主道不移，並說主已經在門口了。她的皮膚本來很黑，因主的榮光覆庇她，竟變為白。後將她埋葬。她最要好的女朋友一天晚上臨睡前，忽見陳文醒穿白衣來相見，衣服發光，有翅膀能飛，她對女朋友說：『我現在在天父家中，何等快樂！爸爸尚未信主，他將由南洋回來，切切托你去勸他信主耶穌，希望你在世的時候，要努力為主作工。』」（《失而復得的日記》（宋天真編），團結出版社，2011 年，頁 243）陳文醒離開世界，到了父那裡。她對女朋友說：「我現在在天父家中，何等快樂！」

李文斯頓沒有讓妻子失望，雖然失去摯愛的妻子是對他一

生中最大的打擊,他認為妻子的離開是「攜走了我的愛,失去了所有的力量。」但是,他因著上帝的安慰和妻子最後的叮嚀而繼續往前,直到完成自己在地上的使命。李文斯頓後來在日記裡寫下一段對妻子說的話:

> 親愛的,
> 假如我能夠,我願很快的與你再相會。
> 雖然現在你我不相見,你的身影常在我心中,
> 雖然我無法再對你傾訴,
> 卻常憶起你對我說過的點點滴滴。
> 每當我往非洲內陸愈走愈深入,
> 我就不斷地、不斷地,想到你對我的叮嚀。

如今,李文斯頓和他的妻子瑪麗,已經回到了神給他們預備的那座城,就是希伯來書的作者所說的「一個更美的家鄉」。他們知道自己在地上是客旅,是寄居的,他們羨慕那個更美的家鄉,如今他們正在那個家,他們的愛再無阻隔,永不止息。

踏上非洲內陸,真實地接觸到非洲人後,李文斯頓說:「當你離開都市文明之地,前往人稱為最野蠻和落後之地,你會發現他們對福音的盼望和上帝的愛更豐富。」

李文斯頓的一生,就像他自己所說,只是跟隨主的腳蹤:

「我只是跟隨我的主、我的上帝，結果跟隨到非洲的內陸。」「我的一生只是跟隨上帝的引領……我更盼望非洲土著，能從他處或他人身上得到上帝更多的祝福與幫助，但是只要我跟他們在一起，我就不會將亮光掩藏在非洲的灌木叢中。讓非洲的人知道福音的可貴，不是淪落成西方文化的附庸，而是活出基督榮耀國度使者的活潑與尊貴。」跟隨主的人，他（她）的一生立志榮耀主，只聽主的聲音，因為他（她）的生命最愛的是主。

當人追求自己的榮耀，不追求從獨一真神而來的榮耀時，就如李文斯頓所說，此時，「宗教行為可演變成最大的偽善」。當人追求自己的榮耀時，無法盡心、盡力、盡意愛主，也無法愛人如己。因為，人開始想要在地上建巴別塔，傳揚自己的名。

真愛必然帶出行為，真愛使人勇敢，勝過懼怕。

我的導師曾說：「就信仰而言，我不聽一個人怎麼說，我只看他（她）怎麼活。」基督信仰是生命的見證，成為一個基督徒是以生命作耶穌基督的見證人，使人可以從他（她）的生命中看見耶穌。對李文斯頓一生影響最深的主日學老師湯瑪森說：「如果你的信仰只是為了追求突發式的感動或神跡，試探與引誘遲早會追上你的。反之，如果你把每天所該盡的職責，都交托在上帝的手中，並且學習在這些事情上與上帝同行，你的信仰會更紮根於真實生命中。成為一個基督徒是成為一個踏

實的人，他親手所做的，永遠比他嘴巴所講的更多。真實的信仰，是上帝使人成為真實的人，每天安靜、確實地去做他該做的事情。這正如耶穌基督所說：『憑著他們的果子，就可以認出他們來。』」

李文斯頓，單純、坦白、良善、堅守原則、容易感受到他人的苦難。在愛主與愛世界、愛主與愛自己之間，基督徒需要做出選擇。我想起耶穌問彼得的話：「你愛我嗎？」「你愛我比這些更深嗎？」只有愛讓人甘願走上十架窄路，真的明白基督的捨己的愛，就甘願為主放棄世界、為主捨己。甚至，有時在做不到的時候，只要有一顆願意的心，上帝會幫助他的兒女，因為上帝的能力是在軟弱的人身上顯得完全。就像李文斯頓所在寫給妹妹 Janet 的信中所說：「我們只需存著一顆願意的心，單單地去跟隨他。我們一生所能做的是那麼少，而且經常搖擺不定，令人失望。我不確定上帝怎麼看我這軟弱的人，但是我確定，上帝看的是我們向著他的一顆心。上帝能成就一切超過我們所做所想的。」

一個人在受苦之後，想到的還是自己，看到的只是自己的善行，他無法明白上帝的愛，無法認識自己，也無法認識上帝的獨生子耶穌，因此不願接受基督耶穌白白的恩典。他所想的還是靠自己，以自己的善行自救，不明白自己需要的不是善行，而是悔改重生。因為正如李文斯頓所說：「只有一位救主，世人若不悔改，不相信他，將承擔自己的罪直到永遠。」

李文斯頓的一生，唯一追求的是「上帝的榮耀」，而不是自己的期待，所以過去的成功與讚賞不能使他驕傲，眼見的失敗也不能使他沮喪，因為他所願的始終是「憑你的旨意行」。他說：「我再一次將自己毫無保留地放在上帝手中，按他的榮耀，而非我的期待。當我回到這個原點，我發現過去的成功與讚賞都是附加的，我從來沒有追求這些，不應該為了過去的成功與讚賞，使自己再無法卑微地對主說，憑你的旨意行。一切任務仿佛失敗時，願上帝賜我智慧，能夠認識、跟隨他直到末了。」

　　在香港讀書的時候，一個夜晚回到住處剛打開房門，上帝突然給我一句話：「這世界和其上的情欲都將過去，惟獨遵行上帝旨意的是永遠長存。」當時並不知道這句話在哪裡，後來查到是約翰一書 2：17。我知道李文斯頓正是選擇了那永遠長存的，而不是這世界給他的一切。正如耶穌對馬利亞的稱讚：「馬利亞已經選擇那上好的福分，是不能奪去的。」（路加福音 10：42）

　　上帝為愛他敬畏他的人所預備的，是眼睛未曾看見、耳朵未曾聽見、人心也未曾想到的，是永遠的榮耀，是不能朽壞的基業，是在天上存留的公義冠冕。上帝回應了李文斯頓的祈禱，保守他找到了這一條販賣黑奴的道路。真實的基督信仰，不只是感受到他人的苦難，一定會付諸行動去解除他人的苦難。

福音真正的目的是要救罪人悔改,即使那個人是敵人,也是一樣用平等的愛心。耶穌在十字架上的禱告是我們愛的榜樣:「父啊,赦免他們,因為他們所做的,他們不曉得。(馬太福音5:44)」

上帝是人永遠的盼望和信靠,回到上帝,去思想上帝的心意,用上帝的眼光去看,相信凡事都是出於上帝,上帝的意思原是好的。這樣,便能有屬天的力量去和這個世界爭戰。

正如李文斯頓在遇到困難時對上帝全然的信靠:「無論在我面前的道路有多難走,上帝話語的能力,都足夠供我克服一切的困難。我發現無論是在英國,或是在非洲,在我人生的每一個重要轉捩點,上帝的話語『你要專心仰賴耶和華,不可倚靠自己的聰明,在你一切所行的事上,都要認定他,他必指引你的路』(箴言3:5-6)與『當將你的事交托耶和華,並倚靠他,他就必成全』(詩篇7:5),就出現在我心中。」

「李文斯頓寫道:『我從來沒有聽過這麼絕望的哀哭,但願這這哭聲不只在山谷間迴盪,也能傳到普世基督徒的耳中。這些非洲土著沒有盼望,因為人活著沒有上帝,死了就沒有盼望。誰肯來為他們的靈魂守望呢?』」這是每個基督徒都應該回應的問題:「誰聽見這麼絕望的哀哭呢?誰肯來為他們的靈魂守望呢?」願李文斯頓所願得以實現,願這樣的哭聲也能傳到普世基督徒的耳中。

我想起大酋長在李文斯頓講道後,問他的那個深植人心的

問題:「你說凡未向上帝悔改的人,就永遠得不到赦免。我的祖父走了,我歷代的祖先們都走了,他們沒有一個人知道這個信息。如果你這信息是這麼重要,為什麼你們知道的人現在才來講呢?」

李文斯頓回答:「沒有向你的祖先傳福音,是我們教會的錯。在很早以前,也有外來的人向我們的族人傳福音,但是大多數人都閉耳不聽,至今我們的族人大都活在自己的罪中。以後也一直有人向他們傳福音,也向全世界傳講有一位救主,世人若不悔改,不相信他,他們將承擔自己的罪直至永遠。」大酋長聽了,鄭重地挽留李文斯頓住在他們當中,教導他與族人認識福音真理。

找到自己的異象確是每個人必須的功課,是在他(她)聽見並接受神聖的呼召後,從此一生去投入。就像保羅在大馬色路上聽見從天上而來的聲音後,一生沒有違背從天上而來的異象。

李文斯頓寫道:「當我的主、我的上帝勉勵我往前去,我知道我在世上所做的,絕不落空。」後來,當伯格理讀到李斯頓深入非洲傳福音的經歷時,他深受感動。立志要在上帝的指引下,引領一個民族信仰福音。他向上帝祈禱:「相信這是天父的意願,要我帶領人皈依基督。我決心像我父親那樣,不僅僅限於口頭禱告,我還要投身實際的拯救工作。願全能的上帝指引我人生的方向,在聖靈的引導下獲得上帝的能力。我願

意為耶穌基督奉獻一生。」

李文斯頓成為整個非洲的祝福,他將天上的祝福帶到非洲,使祝福的江河在非洲奔騰。正如經上所說:「是的。他們息了自己的勞苦,有作工的果效隨著他們。」(啟示錄 14:13)誠然如此,李文斯頓和妻子瑪麗息了他們的勞苦,但作工的果效隨著他們。

主僕邵慶彰的書中寫到一個見證:「一九五八年全菲律賓青年夏令會中,有一位美國宣道會的宣教士作見證:第二次世界大戰後,他抱著滿懷的熱心到中國上海。第二天由旅館外出,一大群的乞丐圍著他來,他非常同情他們的貧困,把皮包的錢都散盡了。翌晨外出,又看到不少焦頭爛額、身上帶傷的孩子,他錢沒有了,跑到旅館拿著藥箱為他們敷藥裹傷。是夜,他臨睡前向主禱告,求主賜他百萬美金,可以大大周濟中國窮人,還是讓他做一個內外科都懂的醫生,可以醫好中國一大堆的病人。不然,就給他做一個平民教育家,義務教導中國孩子有一技之長,能以解決自己衣食之需,他不做宣教士了。同一夜,主耶穌在夢中向他顯現,站在他床前,對他說:『倘使你能使中國人個個豐衣足食,個個身體健壯,個個學富五車,沒有永生生命,到頭來,陰間滅亡豈不是他們的結局?你為我報福音傳喜信,你的腳蹤何等佳美,新天新地的天家並沒有窮人乞丐,也沒有病夫愚人!』他一醒後,就忠忠心心地位天國國度侍奉了。」

| 世界非我家,我家在天上

主耶穌復活升天時給門徒的大使命說：「你們要去。」李文斯頓聽見了這神聖的呼召，他肯為主去，於是奉獻自己成為一個傳福音的人。因為他經歷了主耶穌捨己的愛，願意回應主的愛，立定心志一生跟隨主的腳蹤，我彷彿聽見他對主說：「是的。我愛你。你知道我愛你。」

　　李文斯頓和妻子瑪麗是今天每一個基督徒如何成聖和傳福音的榜樣，他們的生命見證了經上的話：「報福音傳喜訊的人，他們的腳蹤何等佳美。」（羅 10：15）「那使多人歸義的，必發光如星，直到永永遠遠。」（但 12：3）

真愛何尋？
恩歌

如果婚姻中沒有真愛，就好像婚姻沒有了靈魂，幾乎可以預期其最終的結局。古往今來，一代過去，一代又來，歷世歷代，多少人終其一生都在尋找真愛。可是，夜闌人靜，當他們開始思想歷史中曾發生的愛情故事時，當他們審視自己所處世界的婚姻家庭時，當他們與真實的自己面對面時，一定會不免追問：「真愛究竟在哪裡？」

曾讀到卓文君的《白頭吟》時，我極其驚訝地發現，這首詩居然是她為了挽回丈夫司馬相如的心而作。因為當時，她所愛的丈夫司馬相如正要娶茂陵女為妾，想來那茂陵女定是個年輕貌美的女子，正如當年的卓文君。或者，比當年的卓文君更美麗，以至讓司馬相如動了心，忘記了當年他與卓文君的愛情誓言。《白頭吟》中最攝人心魄的一句詩是：「願得一心人，白頭不相離。」張曉風在文章《卓文君和她的一枚銅錢》中，站在年老的卓文君的立場回顧此事：「文君用一首〈白頭吟〉挽回了自己的婚姻——對，挽回了婚姻，但不是愛情。」卓文君內心當是十分清楚，她雖然挽回了婚姻，卻沒有挽回丈夫的心。也許，終其一生，丈夫都在思念那個茂陵女，既然丈夫已

經變了心,誰能使他的心回轉呢?恐怕連他自己也不能。張曉鳳替卓文君問出了一個在她心中藏了半生的問題:「『一心人』?世上有那一心一意的男人嗎?」

這真是千古之問:「世上有那一心一意的男人嗎?」

管道升有美貌,有才情,二十八歲嫁給趙孟頫為妻,夫妻相敬相愛,亦是一時佳話。他們的婚姻怕是為當時無數少女所羨慕,夢想著自己將來亦能如管道升一樣,嫁給一個忠誠可靠、待自己始終如一的一生所愛。誰曾料到,二十二年後,五十歲的趙孟頫想要娶妾,並將心中所想告訴了妻子。得知丈夫心意的管道升,寫下了流傳後世的〈我儂詞〉:

你儂我儂,忒煞情多;

情多處,熱似火;

把一塊泥,撚一個你,塑一個我。

將咱兩個一齊打破,用水調和;

再撚一個你,再塑一個我。

我泥中有你,你泥中有我:

我與你生同一個衾,死同一個槨。

管道升和丈夫的對話想來是一幅圖畫,幾千年後依舊栩栩如生:在那個午後,管道生的聰慧和溫柔挽回了丈夫的心,趙孟頫手捧妻子親筆寫出的《我儂詞》一字一字細讀,他明白了

妻子的心意，也確定了自己的心意，難道妻子所願不也是自己心中所盼？「我與你生同一個衾，死同一個槨。」這就是夫妻應該有的樣子，最美好的樣子。趙孟頫的心柔軟了，在世間可以有一個人一心一意地愛著自己，愛到願意與自己同生共死不就是幸福嗎？他笑了，娶妾的想法不復存在，他在心中決定以至死不渝的愛回應妻子無怨無悔的愛。此後，他與管道升一同終老，白頭不相離。

我相信，細膩且溫柔的管道升一定是極勇敢的，她的勇敢來字自於她堅信沒有真愛的婚姻就像沒有靈魂的生命，這樣的婚姻是她絕對無法接受的。在她的心中，婚姻的真意只能是：一個男人和一個女人結為夫妻後，不再是我與你，而是「我泥中有你，你泥中有我」，再也無法分出我與你，這是愛的聯結，亦是生命的聯結，如何能分開？一旦締結婚姻，那就是「我與你生同一個衾，死同一個槨」，我們是要「同生共死」的。這首詞是管道升對真愛的表達和企盼：夫妻之間不是外在的聯合，而是真愛的結合，夫妻之間的愛是即使同赴死亡也甘心情願。

然而，無論是卓文君還是管道升，都曾遭遇過突如其來的婚姻危機：所愛的丈夫想要娶別的女子。雖然如此，相較越南末代皇后南芳來說，她們的生命是幸運的，因為，丈夫既未再娶，亦與她們終生相伴。

南芳本名阮友蘭，是越南末代皇帝保大的正妻，她家境富

裕，留學法國，喜愛運動與音樂，有才情有美貌，與保大初相遇時保大就愛上了她，堅決要娶她為妻，甚至立誓娶了她後，此生再也不娶別人。她 20 歲嫁給 21 歲的保大，婚後，為丈夫生下五個子女。

十三年後，她移居法國，49 歲時因心臟病在家去世，去世時丈夫不在身邊，甚至在她死後，丈夫連她的葬禮也未曾參加。因為，她在越南時，丈夫就已經愛上了別的女子。他未能守住自己的誓言，除妻子外另娶三個女子，此外還有數名情婦。往事不堪回首，南芳怕是再也無法忍受丈夫的行為，灰心失望至極才選擇移居法國的吧？當初，丈夫愛著她的時候，給她取名為南芳，意思是南部的芬芳，原是這樣溫柔美好的名字。名字沒有變，只是給她名字的人變了心。然而，變心的丈夫待她的殘忍也是出乎意料，他無視妻子的感情將那麼多的女子帶回家，難道不是對妻子至極的羞辱嗎？是啊，這世上有那一心一意的男人嗎？他在哪裡？

2005 年秋，我在北京讀碩士一年級，那時認識了一對美國夫婦，妻子 Lorelei 笑容可親，丈夫 Josh 高高大大，夫婦都是很虔誠的基督徒。當時因為有兩個 Josh，於是大家就叫把 Lorelei 的丈夫稱為 Big John。Josh 跟我們說他讀大學的學校不是自己最想去的學校，而是因為體育特長最後去的學校。初到學校，他內心有失落和不解，不明白上帝為什麼會這樣安排。直到他在學校遇見 Lorelei，他們相愛，Lorelei 的父親在

去世前將女兒在教堂裡親手交給 Josh。Josh 說:「自從認識 Lorelei 後,我很感謝上帝讓我在學校認識我的妻子,假如我去了當初自己最想去的學校,我們就無法相遇了。」我至今仍記得 Josh 講完這段話後看妻子的眼神,閃閃發光,照亮了他們住的小屋,那是愛的色彩。

那時每週三晚上 Josh 和 Lorelei 會在他們傢一起帶我們查英文聖經,大家跟他們學習「十誡」,學得很慢,其間有機會聽到他們分享的很多生命故事,跟他們一起唱詩歌,有幸聽 Lorelei 跟我們講 Josh 怎麼跟她求婚,氣氛十分歡喜快樂,整個家庭洋溢著滿滿的幸福感。印象最深的是一個週三晚上,我們照常去到他們傢,發現今晚多了一個美國弟兄,是另外一個 Josh,大家稱他為小 Josh。他們設計了一個場景:Lorelei 被關到門外,裡面發生的事情她一無所知,在裡面的我們見證了整個過程。小 Josh 問 Lorelei 的丈夫:「現在你的妻子被綁架了,你必須出錢贖她,要不然她的生命就危險了。你願意出多少錢贖她?」Lorelei 的丈夫立刻伸手在衣兜裡掏出錢給小 Josh,說:「這是我現在身上所有的錢。」小 Josh 沒有接受,對他說:「不夠。」於是,Lorelei 的丈夫毫不猶豫地接著說:「我願意給你我所有的財產。」沒想到小 Josh 仍然拒絕接受,說:「還是不夠。」房間裡的氣氛頓時緊張了起來,我們所有人都目不轉睛地看著 Lorelei 的丈夫,只見他將手中的錢裝入衣袋,雙眼直視著小 Josh 說:「我願意用我的生命來

| 真愛何尋? 113

贖回她。」屋子裡頓時鴉雀無聲，我的心被震撼了，原來這個世界上真有這樣的愛。今天晚上，我親眼看見、親耳聽見了。小 Josh 接受了，他打開房門，Lorelei 進來，我們告訴她剛才發生的所有事情。Lorelei 看著丈夫，眼淚在眼眶裡打轉。接著，他們三人一起向大家解釋說：「這就是基督捨己的愛。因著基督的愛，丈夫可以這樣來愛妻子。」

Josh 就是世上那一心一意的男子。他願意主動為自己的妻子付出生命的代價，只要她活下去。這是多麼強大的愛，讓人的心靈被深深地震撼。

真愛何尋？這是人心最深的追問。人本不知什麼是愛，只有《聖經》揭示了古往今來無數人終其一生所竭力尋求的愛之奧祕：「神差他獨生子到世間來，使我們藉著他得生，神愛我們的心，在此就顯明了；不是我們愛神，乃是神愛我們，差他的兒子，為我們的罪作了挽回祭，這就是愛了。」（約翰壹書 4：9-10）

後來，Lorelei 和她的丈夫 Josh 回了美國，他們在一所小學任教，不久後，他們有了一個女兒，後來，慈愛的上帝又賜給了他們一個兒子。我看到他們一家的合照，每個人的笑容都如陽光般燦爛。14 年後，他們的愛依然未曾改變，因著基督的愛夫妻彼此相愛，一路同行，同心教養敬虔的子女是多麼美好。Lorelei 和她的丈夫的婚姻，是婚姻本該有的美好樣子。

張文亮在《隱藏的種子史華璐──近代食品安全的改革

者》中記載了一對虔誠的基督徒夫婦的生命故事：

美國十九世紀最著名的慈善家豪以（Samuel Howe），他一生對苦難者有深切的負擔。希臘獨立戰爭期間，他前往希臘，將難民帶到美國。他是許多人眼中的瘋子，卻是受難者眼中的英雄。豪以的妻子是紐約一個銀行家的小女兒，名叫華德（Julia Ward），願意嫁給豪以，她對父親說：「我可以全力幫助他落實理想。」豪以多次出生入死，不敢結婚，他以雙方年齡相差太多，拒絕華德。1843 年，豪以無意中發現，過去默默出錢支持他的，竟是華德，才與他結婚。

1848 年，豪以開設美國第一間殘障學校，他寫道：「當我看到這些孩子的微笑，上帝仿佛讓我看到天開了。」他一生所做的，都是賠錢的工作，由華德支付所有的費用。

豪以每次外出拯救難民前，都偷偷去法院申辦離婚，法院的人就聯絡華德，華德又去註銷申請。1859 年，古巴內戰，豪以又去辦離婚，法院直接替華德退件。豪以偷渡去古巴，上了船才發現妻子也同船。豪以和華德有六個孩子，像母親，成為一流的文學家，也像父親，支持國際難民的救助。

豪以很受學生的歡迎，他說：「文化的進步，是這

一代的人,應該成為下一代的好臺階。」他說:「我對社會改革的推動,不是用口,不是用手,而是用膝蓋。我長期跪在上帝面前,懇求憐恤、施恩。」豪以病逝時,只留下一本希臘文的聖經,聖經的內頁上寫道:「敬虔,決定生命的品質。」

華德是有名的聖詩作者,她寫下的一首詩歌被林肯總統選為北方軍的進行曲,傳唱至今:

> 我的眼睛　已經看見主降臨的大榮光
> 他正踐踏一切不良葡萄　使公義顯彰
> 他已抽出他的怒劍　發出閃閃的光芒
> 他真理在進行
> 榮耀　榮耀　哈利路亞
> 榮耀　榮耀　哈利路亞
> 榮耀　榮耀　哈利路亞
> 他真理在進行
> ……

豪以與華德之間的愛是:愛他,便全力幫助他,一生跟隨他,扶持他,保護他,即使遇到困難和危險,亦共同擔當,不離不棄,生死相隨。這正是《聖經》中的《雅歌》所描繪的愛:「愛情,眾水不能熄滅,大水也不能淹沒。若有人拿家中

所有的財寶要換愛情,就全被藐視。」(雅歌 8:7)

　　自從與華德結婚後,直到去世,豪以都始終如一地愛著華德,華德亦是如此。豪以,亦是世上那一心一意的男人。

恩典之歌
恩歌

祈禱平安，於心所愛。
念茲在茲，惟信得見。
惟願此心，再無畏懼。
隨爾道路，愛中同行。
昔日憂傷，更為喜樂。
時時仰望，步步跟隨。
念念不忘，必有迴響。
直到那日，見你榮面。
如是孩童，恩歌不絕。

一件美事

恩歌

「若有人愛神,這人乃是神所知道的。」(哥林多前書 8:3)

這晚,
你帶著那瓶香膏出門,
那是你最寶貴的東西,
你定意要把它獻給主。
因為你知道
主將要被釘十字架,
主將要為你、為世人的罪受死的痛苦,
你想要把最好的獻給主,
就在這晚。

那天,
當你坐在主腳前聽主的話時,
你已知道主將要受的痛苦,
雖然你知道主必復活。

但是，

釘十字架是多麼痛苦、多麼羞辱啊！

主卻要獨自走這條苦路，受死的痛苦。

你想要主知道，

你聽見了他的話，

你知道他心中的痛苦。

從此，

你的心一直在思想你可以為主做些什麼，

於是，

你預備了那瓶貴重的香膏。

沒有什麼比它更適合獻給主。

因為在你的心中，

主配得。

終於，

你在眾人的眼光中打破手中的香膏，

澆在你愛的主頭上。

忽然，

你聽到責備的聲音，

你的心猛地刺痛，

你的弟兄們不明白你所做的，

他們說你浪費。
你沒有為自己辯解,
就那樣安靜地在主腳前,
一如從前。

靜寂之中,
主開口為你說話,
主溫柔的聲音何等美好。
主說你所做的是一件美事,
原來主什麼都知道。
你沒有想到的是,
主竟然對弟兄們說無論到什麼地方傳福音,
都要述說你所做的,
以為記念。

你的心得了安慰,
即使弟兄們誤解,
只要主知道你就已足夠。
你的心因主的話而喜樂,
有了主的稱讚還要什麼呢。

你沒想到,

這一瓶香膏,

竟散發愛的香氣,

直到永恆。

> 國家圖書館出版品預行編目
>
> 愛與家的生命故事 / 林海峰, 張貴惠, 周語宸, 陳俊亦, 劉岳, 陳孝皇, 廖紫媛, 沈著, 恩歌作. -- 臺北市：獵海人, 2024.12
>   面； 公分
>   ISBN 978-626-7588-05-5(平裝)
>
> 813.4   113018323

愛與家的生命故事

編　　者／恩歌、沈著
作　　者／林海峰、張貴惠、周語宸、陳俊亦、劉岳、陳孝皇、廖紫媛、沈著、恩歌
出版策劃／獵海人
製作銷售／秀威資訊科技股份有限公司
　　　　　114 台北市內湖區瑞光路76巷69號2樓
　　　　　電話：+886-2-2796-3638
　　　　　傳真：+886-2-2796-1377
網路訂購／秀威書店：https://store.showwe.tw
　　　　　博客來網路書店：https://www.books.com.tw
　　　　　三民網路書店：https://www.m.sanmin.com.tw
　　　　　讀冊生活：https://www.taaze.tw

出版日期／2024年12月
定　　價／270元

版權所有・翻印必究　All Rights Reserved
Printed in Taiwan